诗 苑 译 林

比萨诗章

庞德诗选

〔美〕 埃兹拉·庞德 ——

著

〔美〕 黄运特 ——

译

湖南文艺出版社

图书在版编目（CIP）数据

比萨诗章：庞德诗选 / (美) 埃兹拉·庞德
(Ezra Pound) 著；(美) 黄运特译. -- 长沙：湖南文
艺出版社, 2023.11
（诗苑译林）
ISBN 978-7-5726-1182-7

Ⅰ.①比… Ⅱ.①埃… ②黄… Ⅲ.①诗集－美国－
现代 Ⅳ.①I712.25

中国国家版本馆CIP数据核字(2023)第091195号

比萨诗章：庞德诗选
BISASHIZHANG：PANGDE SHIXUAN

作　　者：〔美〕埃兹拉·庞德(Ezra Pound)　著
译　　者：〔美〕黄运特
出 版 人：陈新文
责任编辑：耿会芬
封面设计：天行健设计
内文排版：钟灿霞

出版发行：湖南文艺出版社
（长沙市雨花区东二环一段508号 邮编：410014）
网　　址：http://www.hnwy.net
印　　刷：长沙鸿发印务实业有限公司
经　　销：新华书店
开　　本：880mm×1230mm 1/32
印　　张：8.75
字　　数：190千字
版　　次：2023年11月第1版
印　　次：2023年11月第1次印刷
书　　号：ISBN 978-7-5726-1182-7
定　　价：58.80元

（若有质量问题，请直接与本社出版科联系调换）

译序

　　我开始翻译庞德的诗歌，是在二十多年前。我刚从北大毕业，来到美国南方腹地，人生地不熟，文化绝缘，处境维艰，靠开一家中餐小馆谋生，整日忙于炒菜、端盘子、送外卖、刷碗、拖地板等等。一天晚上打烊时，我接到一个电话，是当时正在美国访学的南京大学张子清老师打来的。他说国内一家出版社想找人翻译庞德的《诗章》，问我是否感兴趣。我怀着一种初生牛犊不怕虎的精神，欣然答应了。

　　此前在大学里，我只读过庞德的短诗，领略过一点他的意象派风采，至于他的长篇《诗章》，老师没教，学生也不敢碰，原因是太难了。接了翻译任务后，我硬着头皮上阵，选择了《诗章》里最精彩的部分——《比萨诗章》，做了大量研究，最后花了两年多时间，把它翻成中文。

　　那时的世界尚未进入网络时代，隔洋联系还很困难，所以《比萨诗章》译文在国内出版后的情形，我当时也不清楚，只是听说卖得还不错，甚至得了一个什么图书奖，尤其颇受诗人们的欢迎。二十多年后,我有一次在湖南长沙开会,遇到诗人王家新,他居然能背得出我译的《诗章》片段。此前在美国见到欧阳江河,他也是鼓励我继续翻译《诗章》。而杨炼 1999 年就在国际庞德年会上宣称:"庞德的《诗章》只有在汉语里才完美。在黄运特的译文里,庞德的诗歌计划好像最终完成了。"这些诗人的反应,当然让我感到欣慰,也让我汗颜。我深知自己译文的不足,多年来一直想找机会弥补,给热衷庞德诗歌的读者献上一个更好的译本。所以当湖南文艺出版社编辑找上门来时,我觉得总算可以实现自己的一个心愿了。

庞德是二十世纪英美诗坛上的一位巨匠,也是争议性最大的人物之一。看你跟谁说话,只要提及庞德这个名字,一般你会听到三种不同的反应:(1)他是一位好诗人,只可惜他政治上反动;(2)他政治上反动,所以我们不应该读他的诗;或者(3)他的诗蹩脚难懂,政治上又反动。当然,庞德的诗歌思想与他的政治经济主张的关系非常复杂,不是短短一篇译者序言能够解释清楚的。不过,浏览诗人的生平经历,尤其是他创作《比萨诗章》时的个人处境和历史背景,我们或许可以对这个问题稍有了解。

埃兹拉·庞德于 1885 年出生在美国爱达荷州的小城海莱市,在宾夕法尼亚州长大,1905 年毕业于汉密尔顿学院,1906 年获宾夕法尼亚大学比较文学硕士学位。他在文化保守的印第安纳州的一所大学任教几个月后,因生活作风问题被开除,此后一直旅居欧洲。1913 年庞德遇到著名中日文学与艺术研究领域的先驱者欧内斯特·费诺罗萨（Ernest Fenollosa, 1853–1908）的遗孀，受她委托，开始整理费诺罗萨的遗稿，并对中国诗歌文化产生浓厚的兴趣。庞德于1915年出版的《神州集》（也称《华夏集》），就是以费诺罗萨的笔记手稿为基础，创造性地重译了十几首汉语古诗，在英美现代诗坛刮起了一阵中国风。

此后庞德又热衷儒家哲学伦理，认为盛传几千年的孔子思想是整治现代西方社会诟病的良药妙方。作为诗人，他尤其欣赏孔子对"正名"的定义。这个概念出自《论语·子路篇》："子路曰：卫君待子而为政，子将奚先？子曰：必也正名乎……名不正，则言不顺；言不顺，则事不成。"庞德认为儒家"诚"的概念，不仅是为人之道，更重要的是对事物的正确定义，如《诗章》里写道："而'诚'的原则／一脉相承，才有西格斯蒙多"（《比萨诗章》第七十四章）。强调"名正言顺"的孔孟之道，跟庞德的政治经济主张一拍即合，尤其是他对金钱概念的理解。庞德认为现代社会的万恶之源在于货币价值的定义不确切，让投机者从中牟利，混淆是非。他尤其痛恨放高利贷的金融机构和银行家，认为这种"无中生有"的经济手段并非真正的"生产"：一位农民种一棵苹果树，结了苹果可以拿来养家充饥；而一个高利贷者榨取利息只是剥削，是"不自然"的生产，有悖天道人伦。自古以来，不管是带着种族歧视色彩的想象，还是现实里的真实人物，不管是莎士比亚《威尼斯商人》里的夏洛克，还是现代社会的金融大亨，放高利贷者往往是犹太人。因此，庞德把批评的矛头指向了犹太人，由此他走上了跟纳粹法西斯同流合污的邪道。

1945年5月3日，德、意法西斯已经倒台，二战已接近尾声，旅居意大利的庞德正在家里翻译孟子，突然听到有人敲门，是两位意大利游击队员，要奉命把诗人带走。庞德顺手往兜里揣了一本孔子的书（盗版的商务印书馆理雅格译本）和一本中英词典，就跟士兵走了。他以为这只是一个误会，自己应该可以很快回家，但这一去就是十几年。他被捕的原因是他曾经为墨索里尼政府的罗马电台做过广播节目。每周二十分钟左右的节目里，他先是朗诵一段自己的《诗章》，然后发表反战言论，劝说在欧洲打战的美国官兵放下武器，不为军火商和放高利贷者卖命。按美国的法律，这是叛国罪。他很快就被送进比萨附近的美军监狱，在那儿他端坐在一个露天的铁笼里（见图1），遥望远

图1.意大利美军监狱铁笼，最左边那个是关押庞德的

图2.庞德手稿，写在手纸上

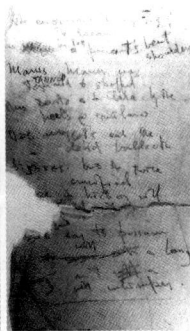

图1　　　　　　　　　图2

处的斜塔，一边蚂蚁啃骨头般地翻译《大学》和《中庸》，一边构思创作他的《比萨诗章》。从某种意义上讲，《比萨诗章》是庞德跟儒家思想的对话，而话题就是拯救天下。那时的世界是满目狼藉，欧洲一片混乱，诗人心目中的理想国遥不可及，自己也成了阶下囚。颇具象征意义的，《比萨诗章》悲壮史诗式的开头是写在一张厕所手纸上："梦想的巨大悲剧在农夫弯曲的双肩"（见图2）。11月，庞德被遣送回美国待审。次年，以精神病为名义，庞德被免审，关进华盛顿特区的圣伊丽莎白精神病院，软禁了十二年之久。此间，在1948年，他的《比萨诗章》出版，获得美国国会图书馆颁发的博林根诗歌奖，引起轩然大波。1957年，经过许多文化界名人的多年努力，庞德被释放出院，立即前往意大利。在那里，他继续创作《诗章》，翻译四书五经，直到1972年在威尼斯去世。

鉴于庞德与中国的不解之缘，翻译庞德具有特殊的意义。这次利用修订《比萨诗章》译文的机会，我又选译了几篇重要的《诗章》和短诗名篇，以便中文读者对这位影响深远、极具争议性的诗坛巨匠有更多的了解。至于庞德的诗歌之梦，或者说，他的中国梦，是否在我的译文里实现了，有待读者、专家定夺。

译者

2015年8月10日

于美国加州

目 录

第一部分

比萨诗章

第七十四章

梦想的巨大悲剧在农夫弯曲的双肩

梅恩斯①！梅恩斯被抽打，塞满干草，

同样，本和克莱拉在米兰②

被倒挂在米兰

蛆虫们该去啃死公牛③

狄俄倪索斯，狄俄倪索斯，可是这死两回④

古今何处能寻到？

不过这样对负鼠⑤说：一声轰隆，而非一声呜咽，

---

① 梅恩斯（*Manes*, 216?—276）：波斯哲人，死后尸体被抽打，塞满干草，挂于城门示众。

② "本和克莱拉"指墨索里尼和他的情妇，两人被处死后亦被倒挂示众。此处"梅恩斯""在米兰"以及下文"狄俄倪索斯"等词的重复，均与所谓"死两回"有关。

③ "公牛"指墨索里尼。

④ 根据希腊神话，植物神狄俄倪索斯是宙斯与情人塞墨勒所生，善妒的赫拉（宙斯妻）怂恿塞墨勒要宙斯显原形，结果怀孕待产的塞墨勒被闪电击死。宙斯把胎儿狄俄倪索斯从母腹中取出，缝进自己的身体里，使其第二次出生。

⑤ *T. S.* 艾略特的绰号。其名作《空心人》起首为："我们是空心人／我们是塞满稻草的人。"结句为："世界以此结束／不是一声轰隆，而是一声呜咽。"

以一声轰隆，不以一声呜咽，

去建造迪奥切①的城市，它的露台是群星的色彩。

温和的眼睛，安详，不含讥讽，

                    雨亦属道。

"人之为道而远人，不可以为道"②

橄榄树在风中吹白

在江汉里洗涤

此白中尚能添加何白，③

                多么率直？

"伟大的环航④把群星带到我们的海岸。"

当太白金星坠落在北卡罗莱纳时，

你，已越过石柱，驶离赫拉克勒斯悬崖⑤。

若和风让位给地中海的热风，

无人，无人⑥？奥德修斯

---

① 古代米堤亚族的一位杰出首领，深受百姓爱戴，被拥戴为王，此后修建了一座理想的城市。

② 语出《中庸》第十三章，子曰："道不远人，人之为道而远人，不可以为道。"

③ 源出《孟子·滕文公上》："昔者孔子没，三年之外，门人治任将归，入揖于子贡，相向而哭，皆失声，然后归。子贡反，筑室于场，独居三年，然后归。他日子夏、子张、子游以有若似圣人，欲以所事孔子事之，强曾子。曾子曰：'不可。江汉以濯之，秋阳以暴之，皜皜乎，不可尚已。'"

④ 原文"*periplum*"，庞德把它定义为"水手从海船上看见的地貌"。它不同于地图，因为它是肉眼所见的、具体的。此处指太阳的运行。除了个别，后面出现 *periplum* 时将译为庞德所界定的"地貌"。

⑤ 希腊神话里的大力士，其悬崖指直布罗陀海峡两岸的悬崖。

⑥ 原文为希腊文，奥德修斯说自己名叫"无人"，以捉弄一位魔鬼。详见荷马《奥德赛》。

我家族的名字。

风亦属道，

月亮妹妹

害怕神及民众的愚昧，

而"诚"的原则①

一脉相承，才有西格斯蒙多②，

才有杜乔③、祖安·贝林④、外台伯区新娘

那拼花图案的基督新娘教堂，⑤

直到我们的时代／神化帝王

而对唐史一无所知的傲慢的野蛮人⑥用不着骗谁

宋子文⑦来路不明的贷款也骗不了

说白了，我们觉得宋子文自己有些钱

在印度比价降为 18∶100

而地方上放债的寄生虫借助外国银行

从印度农民身上榨取

---

① 庞德极其推崇孔子"诚"的概念，认为只有定义确切，真实艺术才有可能产生，如下文的系格斯蒙多等例子。

② 西格斯蒙多 (Sigismundo Malatesta, 1417—1468)：意大利斗士、艺术保护人。

③ 杜乔 (Agostino Duccio, 1418—1481)：意大利雕塑家。

④ 祖安·贝林 (Zuan Bellin, 1430?—1516)：意大利画家。

⑤ 原诗里的 Trastevere 即 Trans-Tiber（外台伯），罗马的一个区名，离开主城区，被台伯河隔开。该处有一个教堂，名叫新娘。

⑥ "野蛮人"是对美国总统富兰克林·罗斯福的蔑称。

⑦ 诗人在狱中翻阅《时代》周刊，上载有关中国宋氏家族的报道。

以丘吉尔式①辉煌上升的高利

如当他，尤其是当他

恢复腐败的金本位制时

在 1925 年左右　哦　我的英格兰

没有广播言论自由的言论自由等于零

只需提醒斯大林一点②

你不必，就是说，不必占有生产方式；

让钱体现完成的工作，在一个制度里

有尺度，按需求

"我没干什么不必要的手工劳动"

天主教神甫的手册这么说

（忏悔前的准备）

嘎嘎地叫，如同死囚笼上的云雀

战事向西线发展

西线无战事③

宪法濒临危机

现况亦无新动向

---

① 丘吉尔任英国财政大臣时，于 1925 年恢复金本位制，造成严重的经济危机。

② 诗人政治经济思想中的唯心主义在此可见一斑，此错误也是导致他亲近法西斯主义的主要原因。

③ 出自德国艾里克·雷马克的同名小说。

"蓝宝石者，此石能催眠"①

不信于言

　不果于行

　　唯鸟心之衡为木

　　　依于士②

劳斯③发现他们讲奥德修斯的故事时

谈的其实是以利亚　　　无人

　　　　　　　　无人

"我是无人，我叫无人"

而旺吉那④，应该说，是文人⑤

或有教养之士

嘴巴被其父封上

　　　　因为他造了太多东西

塞满了林居人的旅行包

参阅弗罗贝尼斯⑥的门徒在 1938 年左右的

---

① 语出但丁《神曲》。

② 《论语·里仁第四》："君子之于天下也，无适也，无莫也，义之与比。"

③ 威廉·劳斯 *(William Rouse, 1863—1950)*：古典文学翻译家，曾到码头听水手们讲奥德修斯的故事，发现他们讲的其实是希伯莱先知以利亚的故事。

④ 澳洲民间传说中虹蛇神之子，他靠给物命名创造了世界，可他造的东西太多了，因而其父封了他的嘴巴。

⑤ 原文诗人直接用中文拼音"文人"*(Ouan Jin)*，可能指中国的仓颉。这一行里，"文人"与"旺吉那"（*Wanjina*）声音相近。

⑥ 利奥·弗罗贝尼斯 *(Leo Frobenius, 1873—1938)*；德国著名文化人类学家。

澳洲探险

文人开口，命其名而造万物

　　　　因而造成堵塞

让迁移者头痛

于是他的嘴巴被封

如同在画像中所见

　　　　太初有道

　　　　　圣灵或至道：诚

从死囚室仰望比萨的泰山

如同仰望加多纳的富士山[①]

当猫爬在栅栏顶上

水仍在西边流淌

朝着加都洛村庄[②]

那里哗哗的流水声

　　　　渐渐变小

在比一切战争都长久的死寂里

"那女人"尼可勒蒂[③]说

　　　　　"那女人，

　　　　　　那女人！"

---

① 此两句诗人在联想中把亚洲的两座圣山移到意大利的两个城市。加多纳是墨索里尼在罗马失败后重建政府的地方。

② 古罗马诗人卡图卢斯 *(Gaius Valerius Catullus，84? B. C.—54? B. C.)* 故居。

③ 加多纳县长，当他见到庞德时，曾念一首诗。

"为何一定要继续？"

"若我倒下"白安卡·加贝洛①说，

"也不下跪"

读书一日或可掌握诀窍

《加西尔琵琶曲》。嗬，发萨族人②

一条狮纹小狗带来跳蚤

一只白斑鸟，一块垫脚石③

          在六座绞架下

宽恕，请您宽恕我们所有的人④

躺在那儿是巴拉巴斯，两个贼躺在他身旁⑤

巴拉巴斯身上的婴儿综合征

没有海明威⑥，没有安西尔⑦，热情奔放

他名叫托马斯·威尔逊⑧

---

① 白安卡·加贝洛 (Bianca Capello, 1542? —1587)：一位意大利王公的情妇，被人毒死。庞德可能由墨索里尼的情妇克莱拉想到她。

② 发萨是北非一个英雄部落，加西尔为其首领。嗬，有欢呼、致意之意。

③ 以上几行是诗人在囚笼中所见外界之物。

④ 此两行源出法国中世纪诗人维庸的诗。庞德狱中写诗，深受维庸的影响；后者亦曾为囚犯，作长诗《大遗言集》，表示悔恨自己半辈子放荡不羁。

⑤ 典出《圣经》，耶稣被捕后，和一个名叫巴拉巴斯的盗贼关在一起。

⑥ 海明威 (Ernest Hemingway, 1899—1961)：美国小说家，诺贝尔文学奖得主。

⑦ 乔治·安西尔 (George Antheil, 1900—1959)：美国作曲家、钢琴家。以上两人均为庞德之友。

⑧ 此人与下文 K 先生及雷恩团伙均为同狱囚犯。

K 先生从不讲傻话，一个月都不讲傻话：

"若我们不蠢，也不会呆在这儿"

　　　　　　　　还有雷恩团伙。

蝴蝶，薄荷，与莱斯比亚的雀群①，

无语的人群敲着腰鼓，打着幡子，

　　　　看守鸡棚②构成的会意文字

伤怀遥寄

　　于塞尔。向旺达多尔③

　　　　远托思绪，时光倒流

在利摩日年轻的推销员

以如此法国式的礼貌鞠躬："不，那不可能。"

我忘了哪个城市

但那些山洞不如邮票上的欧洲野牛

　　更能吸引探险新手，

我们将会重返旧路，问题，

　　　　　或许

可是希望渺茫，

　　普居尔太太④

---

① 庞德仰慕的卡图卢斯（见 007 页注②）有诗云："麻雀，取乐于她之物，吾亦爱。"

② 对监狱四周看守塔的戏称。

③ 两者均为法国中南部地名，和庞德喜爱的法国中世纪游吟诗人传统有关。下文利摩日同此。

④ 上述法国地区的一位女房东，庞德曾在那些地方旅游过。

篷翼下飘散着薄荷的气味

尤其在雨后

　　一头白公牛站在通向比萨的路上

　　　　似乎仰面斜塔，

黑羊在操练场上，雨天云雾

弥漫在山中，就像在看守鸡棚下。

　　一只蜥蜴为我撑腰

　　野鸟们不吃白面包

　　从泰山到日落

从卡拉拉石头①到斜塔

　　今日天高气爽

　　　喜迎万福观音菩萨

　　　　利纳斯、克勒特斯、克莱门特②

　　　　　　　　他们的祈祷，

神奇的圣甲虫③匍匐在祭坛前

脊壳散发着绿光

在神圣的土地上耕耘，早日让春蚕吐丝④

---

① 比萨斜塔是用卡拉拉地区的石头建成的。

② 三者均为天主教教皇名字。

③ 圣甲虫：古埃及丰饶、再生的吉祥物，刻在宝石上，用作护身符。

④ 早春日月交辉时，天子必用自己的双手耕耘神的土地，而在暮春时皇后则向天子
贡献蚕茧。

在柔韧的　　顯①

在光之光中是创造力②，

　　"sunt lumina" 埃里吉那·司各脱斯说③

　　　如舜在泰山上

在祖宗的庙堂里

　　　　如神迹初萌之时

尧的圣灵，舜的

精确，禹的

体恤，这位治水者

四头巨兽在四角④

　　　三位年轻人在门口

他们在我周围挖了一条沟

　　　以免潮气咬蚀我老骨

　　　　以正义赎回锡安山⑤，

---

① 此字是"显"的繁体，由于庞德从繁体汉字获得灵感，故保留繁体写法。本诗中还有一些类似情况，特此说明。
② 原意大利古语 *virtù*，意为潜力、创造力。
③ 拉丁文 *sunt lumina*，意为"是光"。埃里吉那·司各脱斯 *(Erigena Scotus, 800—877)* 是中世纪哲学家和神学家。这里诗人从中文"顯"（内含"日"和"丝"），意大利语"*virtù*"，到拉丁文"*sunt*"（内含"sun"，太阳）和"*lumina*"（光），把各国文字中有关创造和光明的字词联系在一起。
④ 巨兽是指监狱看守塔。
⑤ 在耶路撒冷，也叫大卫城，是犹太复国主义的象征。

以赛亚说。不是放出去收利息，大卫王①说。

这个大畜生

光柔韧至纯

　　日线纯净无瑕②

"sunt lumina"爱尔兰人对卡罗勒斯王③说，

"一切，

万物存在皆是光"

他们把他从墓中掘起

借口是搜寻摩尼教徒。

阿尔比教派④，一个历史问题，

萨拉米斯岛⑤的舰队是国家贷款给船匠建造的

"有说话的时刻，也有沉默的时刻。"

从不在国内提高生活水平

却总在国外增加高利贷者的利益，

列宁说，

———————

① 以赛亚为古希伯莱先知。大卫王为古希伯莱国王。

② 这两行诗出自《中庸》："诚者，天之道也……果能此道矣，虽愚必明，虽柔必强。"
又《诗》曰："维天之命，於穆不已。於乎不显，文王之德之纯！盖曰文王之所以为文也，
纯亦不已。"

③ 爱尔兰人即上文的埃里吉那·司各脱斯，出生在爱尔兰。卡罗勒斯王指罗马皇帝
查尔斯二世（823—877）。

④ 摩尼教：公元3世纪源于波斯的一个宗教流派。阿尔比教：公元1021—1250年在
法国南部盛行的教派，后被视为异端而被镇压。

⑤ 公元前480年希腊军队打败波斯人的地方。

枪支买卖导致更多的枪支买卖

　　他们不是为了枪炮技术而搅乱市场

　　　　不存在饱和供应

比萨，在努力①的第 23 个年头，看得见斜塔的地方

昨天蒂尔②被绞死了

罪名是花样谋杀和强奸　　再加上科尔喀斯③

　　加上神话，以为他是宙斯公羊或另外一头

　　　　嘿，龅牙的，《圣经》里讲的啥？

　　《圣经》有哪几本书？

　　　　说说看，甭想蒙我④。

莫 无人⑤

日落西山的人⑥

那母羊，他说，她的眼神多么迷人；

宁芙身披羽衣⑦向我走来，

　　　　　　当一圈天使

某日如云雾缭绕泰山

---

① 指自 1922 年开始的意大利法西斯统治。

② 同狱的一个囚犯，于 1945 年 7 月 24 日被处决。"花样谋杀和强奸"指用各种变态的手法折磨受害者。

③ 希腊神话中产金羊毛的地方。

④ 这几行为诗人于囚笼中听到别的囚犯的谈话。

⑤ 原希腊文，"无人"，与中文字"莫"（无，日落）对照。

⑥ 指落难的人，此处指被处绞刑的蒂尔，落难的奥德修斯，也暗指诗人自己。

⑦ 宁芙指半神半人的少女。"羽衣"原文为日语 *Hagoromo*，亦为一部日本能戏的题目。

或在落日的辉煌里

　　　有幸无志的同志①

夜间在雨沟里哭泣

　　　　　　Sunt lumina

这场戏完全是主观

石头知道雕刻者给予它的形式

石头知道形式

记不清是库忒瑞、伊索塔还是圣玛丽亚教堂②？

　　　彼埃特罗·罗曼诺独创了它的基座

无人

日落西山的人

钻石将不会在雪崩中消逝

　　　即便它脱离其氛围

天不灭人，人自灭。

城市四次重建③，嗬，发萨人！

　　　　加西尔，嗬，发萨人！被出卖的意大利

如今在心中永不灭，加西尔，嗬，发萨人！

四头巨兽在四角

---

① 原文为俄语 tovarish，"同志"。

② 诗人竭力想记起威尼斯一座教堂的名字，其基座为下行彼埃特罗·罗曼诺 (Pietro Romano，1435—1515)——意大利建筑师和雕塑家所设计，形式独特。

③ 在非洲索宁克传说里，一座神奇的城市瓦戛都四次消失，四次重现。

014　　　　　　　　　　　　　　　诗　苑　译　林

四道门在半墙，嗬，发萨人！

露台有群星的色彩

苍白如黎明的云朵，月牙

　　　　细如德墨忒耳①的发丝

嗬，发萨人！在舞蹈中重生

　　　　两只云雀对偶

　　　　　　在黄昏

　　　　　　　那柔肠欲断的时分②

在塔的左边

　　　　从两条裤腿间看去。

他忘了，自己掉了下去③

在有阿尔克墨涅和提洛④出现的纳库亚

　　　　与暗藏杀机的卡律布狄斯漩涡之间

　　　　　对着泰山的孤寂

女人，女人，不愿被揪着头发进天堂，

在地貌⑤的灰崖下

_____

① 希腊神话中主司生产的女神。

② 源出但丁《神曲》，描写黄昏薄暮令返乡者柔肠欲断。

③ 此行出自伯尔纳 (Bernart de Ventadorn) 的诗《云雀》。

④ 纳库亚是《奥德赛》第十一章的题目。在此章前后，奥德修斯在地狱中见到阿尔克墨涅和提洛的魂灵，然后必须越过下行所指的漩涡。阿尔克墨涅与提洛是希腊神话里的两位女性人物，前者被宙斯化身为其丈夫而受孕，生下大力士赫拉克勒斯；后者被水神催眠后受玷污。

⑤ 原文 periplum，见 003 页注④。

太阳拽着她的群星

　　日落西山的人

日晒下，风踏着树精的脚步而来

　　　孤独者啊

　　　　　从不孤独

在奴隶群中学习奴役

　　蠢人被赶回丛林

　　从不孤独，太阳围绕着太阳

　　　当光吮吸蒸汽

　　　潮汐跟随路喀娜①

　　那人看来是个硬汉子②

　　　度日如千年

如豹蹲坐在水碟边；

　　曾杀过野牛和公牛，邦廷说

　　　在一次大战后坐牢六个月

和平主义者被烤鸡诱惑，却拒不赞成

战争，《尿壶的花环》

　　　　自费出版

---

① 罗马神话中保护分娩的女神。

② 指英国诗人巴兹尔·邦廷 (Basil Bunting，1900—1985)。第一次世界大战后他因拒绝服兵役而入狱六个月，绝食（拒不吃看守送去的烤鸡）十一天后获释。下行《尿壶的花环》(1930) 是他的一本诗集，不受批评家们的赏识，只能自费出版。

批评家们的耻辱

但是国家可以借钱

开到萨拉米斯岛的舰队

是用国家贷给船匠的钱建成

因而人们攻击古典研究

在这次战争里有乔·古尔德、邦廷和肯明斯①

反对愚蠢与暴利

死于囚笼的黑豹

夜绿的瞳孔，如葡萄肉，如海浪

不死的亮光和透明

结束了，走吧；②

在芸芸众生和同伙中，遥望泰山

可是在丹吉尔③我看到用枯黄的稻草点火

用蛇咬

---

① 反对战争的三位作家。古尔德 (Joseph Gould, 1889—1957) 是美国作家，肯明
斯(E. E. Cummings, 1894—1962) 是美国著名诗人、画家。
② 原文拉丁语，源自天主教弥撒之尾语，亦为耶稣在十字架上的最后一句话。
③ 摩洛哥的一个港口。

使稻草着火

那托钵僧吹着

肮脏的稻草，一条手臂样长的蛇

在僧士的舌头上咬出小孔

  血从孔中流出

  点着火，当他把稻草塞进嘴里时

肮脏的稻草他从路边拣的

    先冒烟，然后是苍白的火苗

那应该是在莱斯·乌里①时期

  当我骑马去埃尔森②家里

  在珀迪卡里斯的别墅附近

  或是再早四年

他认为若有童心，童心便是基本的，

他为从西利亚③徒步而来的旅行者

  租了住所，为其中一些人

蝶蛹不是无缘无故地在风中交配

      光的色彩

绿的绚丽，当阳光漏过苍白的指间

世上多豪杰

———————

① 莱斯·乌里 (Rais Uli, 1875—1925)：摩洛哥强盗，曾于 1910 年绑架下文提及的伊昂·珀迪卡里斯。
② 诗人于 1906 年和 1908 年在直布罗陀访问过的一位传教士。
③ 罗马尼亚西部的一个村庄。

下列志趣相同的人①：

写巨人的福特

　　梦想高贵的威廉

　　　　幽默大师詹姆斯唱道：

　　　　　　"布拉尔尼城堡我亲爱的

　　　　　　你如今只是一块石头"

谈数学的普拉尔

　　　　或爱玉器的杰普森

写历史小说的莫里斯

　　　　看似泡过两次澡的纽博尔特

　　　　　　世上多豪杰。

　　　　今日阴云蔽日

——"更安静地坐着，"科卡②说，

"假如你一动就叮当作响的话。"

年老的伯爵夫人③还记得彼得堡的一个招待会

科卡认为在西班牙或许还剩一些（像样的）社会

――――――

① 以下人物均为庞德旧友，依次为：英国作家福特·马多克斯·福特 (Ford Madox Ford，1873—1939)，爱尔兰诗人威廉·叶芝 (William Yeats，1865—1939)，爱尔兰小说家詹姆斯·乔伊斯 (James Joyce，1882—1941)，英国作家维克多·普拉尔 (Victor Plarr，1863—1929)，英国小说家埃德加·杰普森 (Edgar Jepson，1863—1938)，英国作家莫里斯·休利特 (Maurice Hewlett，1861—1923)，英国诗人亨利·纽博尔特 (Henry Newbolt，1862—1938)。
② 一位俄国军事外交官，曾任驻英和驻美大使。
③ 一位意大利伯爵夫人。

阶层，他愿意去那里吗？天哪，不！

　　1924 年的观点

西尔达、布伊艾和里拉，

　　或伦敦迪俄多内，或瓦桑①

乔治大叔②俨然一位发言人 万物皆流③

盈科而后进④

　　聂夫斯基⑤的糕饼店，舍内斯餐馆⑥

更不用提波尔萨诺的格里夫旅馆⑦　　女主人变老了

莫魁恩餐馆或罗伯特餐馆⑧40 年之后

　　彼埃尔王公⑨此前从未见过美国人

　　"他们整代人"

　　　　不，不是在那合唱队里

赫迪⑩走出去比谁都高一头

　　　　那年的美好时光哪里去了

---

① 西尔达、里拉和瓦桑是巴黎的三家餐馆名，布伊艾是巴黎的一家舞厅名，伦敦迪俄多内是伦敦的一家餐馆名。

② 乔治·廷克海姆 (George Tinkham，1870—1956)：美国众议员。

③ 原文希腊语，是哲学家赫拉克利特的名言。

④ 语出《孟子·离娄下》："源泉混混，不舍昼夜，盈科而后进，放乎四海。"

⑤ 俄国彼得堡著名街道。

⑥ 一家维也纳餐馆。

⑦ 意大利波尔萨诺市的一家带饭店的旅馆。

⑧ 两者均为美国纽约城的餐馆。

⑨ 一位法国王公，为诗人友人之友。

⑩ 指美国小说家威廉·赫德森 (William Hudson，1841—1922)。

詹姆斯①先生把霍克斯比太太当作盾牌

如同一只碗把拐杖当自己的盾牌一样

当他小心往门口挪去时

那位写教育的亚当斯先生②说,

　　　教书? 在哈佛?

　　　教书? 这办不到。

我从纪念碑③那里得知此事

　　　这些都是节日

　　　　　在泰山下 7 月 14 日

泰山以北的山丘火光通明

安贝尔·里夫斯④死了,那一章的结束

　　　　见 6 月 25 日《时代》周刊,

无疑是格雷厄姆先生⑤他自己,

　　　骑在马上,一只耳朵和下巴胡须挺得显眼

　　化工厂⑥仍然完好无损

———————

① 亨利·詹姆斯 (Henry James, 1843—1916):美国著名小说家。霍克斯比太太是他的女管家。

② 亨利·亚当斯 (Henry Adams, 1838—1918):美国历史学家,其名作为《亨利·亚当斯的教育》。

③ 指美国哲学家乔治·桑塔雅那 (George Santayana, 1863—1952)。

④ 指英国女作家艾米莉·里夫斯 (Amelie Rives, 1864—1945)。庞德曾在伦敦和她打过网球。庞德从狱中的 6 月 25 日《时代》周刊上得知其死讯。

⑤ R. B. 格雷厄姆 (R. B. Graham, 1852—1936):苏格兰散文家、传记作家和世界旅游家,以骑马遍游南美著称于世。此处描写他的一幅肖像画,左耳和下巴上的黑须翘起,可能跟刊载在上述《时代》杂志里的一张照片相似。

⑥ 指德国一家大化工厂,在第二次世界大战中没有被毁。

在利利泼勒罗曲声①中

他们糟蹋了阿德尔菲旅馆②

黑鬼们在不远处

      翻越栏杆

爱德华兹先生③绝妙的棕绿肤色

      在 4 号囚室，邻里的宽厚，

戴着巴鲁巴面具："跟谁也甭提

     是俺给你做的那张桌子"

        乌洛托品有助排尿

最伟大的是在

违章犯法的人身上找到的

        慈善

   当然不是说我们提倡——

   但是小偷小摸

   在一个以大偷大盗为本的制度里

   或许只算随大流而已

   恢复公正，就能赦免

出钱而不计利率者

---

① 英国 1688 年政变时流行的一首讽刺爱尔兰天主教的歌曲，在第二次世界大战中被英国 BBC 电台用作信号曲。

② 伦敦的一家旅馆，在第二次世界大战中被毁。

③ 一位同狱黑人囚犯，心怀慈善，违规用包装箱为庞德做了一张写字桌。下文"巴鲁巴"是诗人给非洲刚果一部落取的名字。"巴鲁巴面具"指爱德华兹的黑脸。

"度量衡"

见《利未记》第十九章①或

《帖撒罗尼迦前书》第四章第十一节②

三百年文化被一把从房顶扔进来的

榔头所左右

浓云压山，大山压云

我拒不放弃帝国或众多庙宇

或宪法，甚至迪奥切城

各以其神之名

如在特拉契纳③港边，从海里升起，西风神在她身后，

从她行走的姿态认出

跟安喀塞斯④一样

直到神殿再次闪现大理石的洁白

直到石眼再次遥望大海

风属道

雨属道

---

① 《旧约·利未记》第十九章第三十五节："你们施行审判，不可行不义。在尺、秤、升、斗上，也是如此。"

② 《新约·帖撒罗尼迦前书》第四章第十一节："又要立志做安静人，办自己的事，亲手做工，正如我们从前所吩咐你们的。"

③ 意大利西部港口。诗人此处联想希腊女神阿芙罗狄蒂诞生于海浪中的情景。

④ 据古罗马维吉尔《埃涅阿斯纪》，安喀塞斯之子埃涅阿斯遇见化为凡身的阿芙罗狄蒂，他从她行走的姿态认出她是自己的母亲。

七星座显在她的镜子中①观音，此石能催眠；

　　　　献上一碗酒

　　　　　　青草无处不适

下界，母亲，

　　　靠您的圣草薄荷、百里香和松脂蜡膏，

　　　　　来自谁，给谁，

　　　　　　　永远不会更丰富于此刻

在礼拜天得到一只新绿的蚱蜢

祖母绿，比祖母绿更苍白，

　　　　　少了右翼

　　　　这帐篷属于我和提托纳斯②

葡萄肉的食者

　　　在交媾中光芒四射

那年马奈在拉西加尔或莱福里餐馆③画了酒吧

　　　她④头上扎着小发圈，像是 1880 年的款式，

红的，穿德勒科尔或兰万⑤式服装

---

① 希腊神话中七星座的七星是肩扛天宇的大力士神阿特拉斯和大洋神女普勒俄涅所生的七个女儿。"她的镜子"指天空，"她"指横卧的地球。

② 希腊神话中提托纳斯长生不老，欲死而不能。曙光女神爱上他，把他变为蚱蜢，以便他能永远听到他的声音。

③ 马奈 (Edouard Manet, 1832—1883)：法国著名印象派画家。拉西加尔和莱福里均为巴黎餐馆。

④ 指诗人的情人奥尔加·拉奇 (Olga Rudge, 1895—1996)。

⑤ 两者均为巴黎服装设计师。

伟大的女神，埃涅阿斯[①]一眼就认出她

以画不朽，因为唯此时代不朽

19 世纪法兰西[②]

德加、马奈和盖伊斯令人难忘[③]

一位大莽汉流的汗都是油彩，范德皮尔 40 年以后

这样评价弗拉曼克[④]

因为此石能催眠

它会沉睡，不再喷火[⑤]

作纪念的桉树果[⑥]

橄榄枝下，柏树边，蒂勒尼安海，

越过马尔麦逊别墅[⑦]，河边田野，餐桌

西尔达，阿尔芒农维尔[⑧]

或在旺达多尔，别墅的锁匙；

雨，于塞尔[⑨]

在美丽的塔的左边　乌戈利诺[⑩]之塔

①　见 023 页注④有关安喀塞斯的注解。

②　原文法语。

③　均为那个时代的法国画家。

④　范德皮尔：庞德在巴黎认识的一位荷兰作家。弗拉曼克：一位法国画家。

⑤　源出但丁《神曲·地狱篇》，指地狱的火焰暂缓。

⑥　在被捕的路上，庞德捡起一颗桉树果，放在身边作纪念。

⑦　巴黎郊外的一座皇家别墅。

⑧　两个均为巴黎高级餐馆。

⑨　见 009 页注③有关旺达多尔和于塞尔的注解。

⑩　乌戈利诺 (Ugolino della Gheradesca, 1212?—1289)：在比萨谋反篡权未成，与子孙一起被囚。

在塔里，在塔的左边

　　　啃他儿子的头颅①

唯一有点作为的人，要数 H, M,②

　　　和枢密顾问弗罗贝尼斯

那在巴鲁巴召风唤雨的白人

　　　还有偶尔写个剧本的让先生③或负鼠④

　　　穷困年迈　我目不识丁⑤

我不知道人类如何承受

　　　有一个画好的天堂在其尽头

　　　没有一个画好的天堂在其尽头

侏儒般的牵牛花在草叶上缠绕

灵魂的巨核　有巴拉巴斯和两个贼在我身旁，⑥

　　　　牢房像一艘贩奴船

　　　　爱德华兹⑦、赫德森、亨利诸位先生，患难之交

　　　难友克思斯、格林和汤姆·威尔逊

---

① 但丁在《神曲》中想象乌戈利诺在狱中饥饿难忍，啃其子头颅为食。

② H 指希特勒，M 指墨索里尼。

③ 让·科克托 (Jean Cocteau，1889?—1963)：法国诗人、剧作家。

④ 见 002 页注⑤。

⑤ 原文法语，源出维庸诗。庞德在其早年著作《浪漫文学的精神》(The Spirit of Romance) 里，很赏识这首诗，头几行这样写："我是一位贫妇，干瘪又年迈 / 一个字都没学会 / 我看到教区修道院里 / 一个画好的天堂，竖琴和琵琶弹唱。"

⑥ 巴拉巴斯被释放后，耶稣同另外两个小偷被钉在十字架上。

⑦ 以下至"怀特塞德"均为庞德的同狱囚犯。

　　　　上帝的使者怀特塞德

在……对面的看守

　　　比囚犯低贱得多

　　"那些狗娘养的傻 × 将军们，统统是法西斯分子"

"为了一包王公牌卷烟"①

　　　　"俺说和干的事儿"

　我也在猪圈里②

人们就躺在喀耳刻的猪圈里

　　我走进猪圈，看见灵魂的尸体

　　"算了吧，小薯条。"小黑鬼对黑大个说；

甲板间看到的奴隶贩子

　　所有的总统

华盛顿、亚当斯、门罗、波尔克、泰勒

再加上出生在卡罗尔顿的卡罗尔，还有克劳福德③

劫公济私　　蛊惑④

每一个贴现银行都是十足的罪恶

　　劫公济私

---

① 狱中定量供应的卷烟。

② 源出荷马《奥德赛》的典故，下行喀耳刻是把人变成猪的女巫师。

③ 华盛顿、亚当斯、门罗、波尔克、泰勒是美国的五任总统。卡罗尔即查尔斯·卡
罗尔 (1737—1832)，美国早期天主教领袖，美国革命领导者之一，大陆会议重要成员。
狱中的许多囚犯，特别是南方的黑人，与上述几位总统或政治领袖同姓。

④ 原文希腊语，如同喀耳刻蛊惑希腊士兵与百兽进猪圈一样。

啊，美发喀耳刻，让它们吃烈药

既没有狮子也没有豹子伴随

可是毒药，veneno①

在公众的每根血管里

若毒发高处，则会流遍所有血管②

若在普雷达皮奥③的锻炉中？　老厄普华④说：

"不是牧师，而是受害者"

他的日神印章　这老斗士说："受害者，

在泰晤士河与尼日尔河边抵抗他们，在尼日尔河边用枪

抵抗，在泰晤士河边用一台印刷机"

直到我唱完歌

然后他开枪打死自己

出于对凹雕的赞美

马泰奥和皮萨内洛⑤来自巴比伦

他们留给我们

用滚式或平面的模子

或在玉石上切割方块

---

① 意大利语，"毒药"。

② 在这几行里，庞德指责高利贷为有害社稷的毒素。

③ 意大利东北部城镇，是墨索里尼的故乡，墨氏之父是一个铁匠。

④ 艾伦·厄普华 (Allen Upward, 1863—1926)：英国小说家、旅行家和文化人类学家，最后自杀身亡。

⑤ 两者均为 15 世纪意大利雕刻家。

灵魂的美妙夜晚来自帐篷中，泰山下

在人称军营屁眼的地方

看守们各持己见。宛若梦见

治丧者的女儿们心乱如麻，又欲火中烧

学而见时光之白翼飞驰而过

  这不是我们的快乐吗

有朋友从远方的国土来

    这不是欢乐吗

也不要计较我们是否见知于人？

   孝弟之情乃人性之本

   道之本

也不巧言令色。

   在适当的季节用人

    而不是在他们忙于收获时[1]

    在三面的角落，库妮扎[2]

   和另一位女人："我是月亮。"

干燥疏松的泥土从尘埃化为更细的尘埃

---

[1] 源出《论语·学而第一》："学而时习之，不亦说乎？有朋自远方来，不亦乐乎？
人不知而不愠，不亦君子乎？……孝弟也者，其为仁之本与！……巧言令色，鲜仁
矣！……节用而爱人，使民以时。"

[2] 意大利历史上的一位烈女。

败草烂至根茎

现在是否更黑？以前更黑？灵魂的黑夜？

是否有更黑的，还只是圣约翰①忍着腹痛

       为后世写作

总之，我们要寻找更深层的，还是这已到底？

乌戈利诺②，那树木线上的斜塔

柏林   痢疾   磷

     老实人的老妇③

（你好凯西下士④）两个叉还是搞官僚？

              天堂不是人造的

   却显然支离破碎

它只在碎片里存在，出乎意外的好香肠，

       薄荷的气息，譬如说，

       拉德罗⑤这只夜猫；

在内米⑥，守候在山凹湖畔的山坡上

等待来自那座建在砂石上的旧午餐亭的决定，

---

① 指西班牙著名僧侣圣约翰 (1542—1591)，写过有关"灵魂的黑夜"的神秘剧。

② 见 025 页注⑩。

③ 原文法语，出自法国伏尔泰《老实人》。

④ 狱中军官。

⑤ 狱中一只野猫，"拉德罗"原为意大利语，意思是"小偷"。

⑥ 意大利内米湖，女神狄安娜之庙所在地，曾有一位守庙的牧师被另一位图谋其位的牧师所杀。

查拉图斯特拉①，现已过时

敬奉朱庇特②，敬奉赫耳墨斯③，如今城堡所在之处

　　　　　也已影随风去

石头里没有痕迹，灰墙上没有年代

　　　　在橄榄树下

　　　　远古的雅典娜

　　小猫头鹰，两眼亮晶晶④，

　　　　　　　橄榄树

闪亮之后又不闪亮

　　　　　当叶子在空中翻动

　　　　北风、东风、南风

"有妖怪。"年轻的母亲说

　　　　　沐浴者如鹰眼下的小鸟

　　　　缩回到悬崖底下，蒂古利奥⑤的小井里

"要把，"看守说，"每一个狗娘养的傻 × 将军

搞死，他们统统是法西斯分子。"

　　　　俄狄浦斯，伟大的瑞摩斯⑥的子孙们

---

① 即古代波斯琐罗亚斯德教的创始人琐罗亚斯德 *(Zoroaster, 628? B. C. —551? B. C.)*，
尼采有哲学名著以其为题。

② 希腊神话中的主神。

③ 希腊神话中为众神传信并掌管商业、道路的神。

④ 橄榄树对雅典娜来说是神圣的，"小猫头鹰，两眼亮晶晶"是形容橄榄树的光泽。

⑤ 意大利海湾，靠近诗人所住的拉帕罗市。

⑥ 俄狄浦斯：希腊悲剧中弑父娶母者。瑞摩斯：罗马城的缔造者。

于是布林顿先生^①仰卧着像一只猩猩

哼唱着：哦甜蜜又可爱

哦女士好乖

        我也走进了猪圈

罪犯不爱动脑筋？

       三个月不知道饭菜的味道

在齐国听到韶乐^②

          响亮的歌，太阳在其光辉下^③

        清脆

一首题为影子的短歌^④

妖怪，鹰翅

    时运不济，身后留名

十足的罪恶，J. 亚当斯说

      黄金价从 21.65 变成 35^⑤

      无疑受他父亲在拜占庭见闻的影响

无疑受伟大的迈耶·安塞姆^⑥的子孙的影响

---

① 同狱囚犯。

② 源出《论语·述而第七》："子在齐闻《韶》，三月不知肉味。曰：'不图为乐之至于斯也！'"

③ 庞德读解中文"韶"字时，认为其左边的"日"字在一束光芒的形象之下。

④ 短歌指一种不押韵的日本五行诗，共 31 个音节。一位日本诗人写了一首短歌，题目是《影子》。

⑤ 指美国总统罗斯福折换黄金价格。

⑥ 迈耶·安塞姆 (Meyer Amschel Rothschild, 1743—1812)：欧洲经济史上有影响的银行集团的创始人，经过他及其子孙的经营，其家族成了欧洲著名的银行世家。

那老 H^①在拜占庭听驴耳的军事主义分子说：

  "干吗要停战？""等我们强大时卷土重来。"

而小 H，主意来自巴黎的奥革阿斯牛圈^②，

  有西夫^③看护着，或者

  并不是那么一回事，

      就这样影响。

迈耶·安塞姆，一个罗罗罗曼司，是的，是的，当然

可你更傻，若你在两个世纪后还上当

……^④

  从他们的高座上^⑤，那些金发兔崽子们，把他们废掉。

   犹太人是兴奋剂，非犹太人大部分

  是牲口，乖乖地被宰了

  很好卖。但如果

一块地被糟蹋了会怎么样？

凭正义，

据律法，从律法上讲或这本不在契约里，

---

① 指亨利·摩根索 (Henry Morgenthau, 1856—1946)，他曾任美国驻土耳其大使，
其子（小 H）曾任罗斯福政府的财政部长。

② 希腊神话中此牛圈养牛 3000 头，30 年未清扫，藏污纳垢。

③ 一位英国商人。

④ 省略号是原文里的。

⑤ 语出《新约·路加福音》第一章第五十二节："他从高座上推下权势者，却举扬
了卑微贫困的人。"

禹比不过耶和华^①

尧推舜为王，向着

金秋的九天，《韶》

太阳在其旋律之下

向着感应的九天

《利未记》第十九章里也有。^②

"汝将以钱购地。"

耶利米^③签了字

从哈楠业楼到歌亚

一直到马门，付了8.5元买便雅悯

境内的亚拿突，花了8.67元

去买乔可鲁瓦山^④上的清新空气

在一片枫林地里

从律法，据律法，去造你的庙宇吧

凭着公正的度量衡

一只纤细的黑人之手

一只像火腿一样的白人之手

伸过来，在篷翼下可见

病员集合：军医

---

① 庞德认为耶和华规定的有关钱和高利贷的律法比禹等中国早期帝王所定的更高明。
② 指《旧约·利未记》第十九章第三十五节，见 *023* 页注①。
③ 希伯莱先知。以下为《旧约·耶利米书》记载的一次土地买卖。
④ 美国新罕布什尔州的一座山。

军医，病员集合，军医

世上两个最大的骗局

是改变货币价值

（货币的单位，转换货币）①

和高利贷，高至60%　　或借贷

从无造有

国家可以贷款　　就像

雅典人造萨拉米斯舰队一样

如果一大笔钱在流通中丧失了

就去问丘吉尔的支持者

钱去哪儿了　　国家不必借钱

退伍兵也不必有国家的担保

去借私人高利贷

其实那是木棚里的猫

国家不必借钱

维戈尔②市长证明如此

他有一条牛奶发送线

---

① 原文希腊语，出自亚里士多德《政治》："假如使用一种货币的人转用另一种货币。"
前后数行展现庞德关于社会信贷的主张。他认为，扩充信贷范围，应当是国家银行的特权，
而不是私人银行。他反复用古雅典执政官地米斯托克利 *(527?B.C.—460?B.C.　)* 从国
有银矿贷款造兵舰，指挥萨拉米斯海战，大败波斯舰队的历史故事，谴责私人高利贷。
② 奥地利蒂罗尔地区的一个小镇，在 *20* 世纪 *30* 年代发行自制的钞票，以摆脱经济
困境，此举正合庞德的经济主张。

妻子卖衬衣和短裤

他的书架上摆着《亨利·福特的生涯》

还有一本《神曲》

一本海涅诗集

蒂罗尔宽阔平坦山谷里的一座美丽小镇

靠近因斯布鲁克①，当一张发行于

维戈尔小镇的钞票出现在

因斯布鲁克的一家柜台上时

银行职员瞅着它递进来

全欧洲的笨蛋们都吓呆了

"在这村庄，"市长夫人说，

"无人能写报刊文章。

明知它是钱，却当作它不是，

以便站在法律安全的一侧。"

可在俄国他们弄砸了，显然

不懂劳动证券的含义

实施的新经济政策一塌糊涂

把人当机器的牺牲品

运河工程，伤亡严重②

（或许如此）

---

① 北蒂罗尔地区的都会。

② 指苏俄在 1931 年开工的运河工程，用了近三十万囚犯当苦工，死伤率极高。

故意低价倾销，兴风作浪

　　　　　　在高利贷者的鬼天堂①

这一切都通向死囚室

各以其神之名

或长寿，因为如亚里士多德所云

哲学不适于年轻人

他们的共性无法充分地从他们的

　　　　　个性中归纳出来

他们的共性无法充分地从群集的个性中

　　　　　　　　　　派生出来

行之主，言之师

　　　　用词贴切，精雕细琢

　　　　尧立舜，因其寿

舜执其两端

行其正道

隐恶以新民

得一善则紧抱之②

主天下却若与之无关③

――――――――――

① 原文 hell-a-dice，从英文 paradise（天堂）谐音化来。

② 源出《中庸》："舜好问而好察迩言，隐恶而扬善，执其两端，用其中于民……
得一善，则拳拳服膺而弗失之矣。"

③ 源出《论语》："子曰：'巍巍乎！舜、禹之有天下也，而不与焉。'"朱子注：
"不与，犹言不相关，言其不以位为乐也。"

不以此炫耀

将其老父放在背上

　　逃到某荒凉海滨

日本哨兵说：把桔普听在那里①，

我们一些最好的士兵，上尉说

　　大日本万岁，来自菲律宾

想起影清②："你的脖颈好硬啊。"

　　　　他们就各走各的路

"一位比我厉害的剑客，"熊坂的鬼魂说，

"我相信意大利的复兴"　　因为这不可能

　　四次随着加西尔曲

　　　　如今在不朽的脑海里

　　　　　　＊＊＊＊

　　　　女儿，盲人之光

　　戴独镜的怀默斯③踩着水

　　　在海浪中对木匠说

———————

① "把吉普停在那里"的谐音，日本兵的蹩足英语。

② 日本能戏中人物，下文熊坂同此。

③ 第一次世界大战中协约国的海军元帅。

缘由是船尾栏杆有一处没钉好

　　我们海军并不如你想象的那么无知

格塞尔①任职于只存在

不到五天的林德豪尔政府

　　却被当作无辜的陌生人赦免了

啊是的，钱是有的，

　　"钱是有的。"佩莱里尼说②

　　　　（当时算非常特殊）

　　火枪手们在 20 多年以后

一位年老（或半老）的人仍然活跃

用一把木板拍发射石子

珀耳塞福涅③在泰山下

　　望着倾斜的塔

彭迪乌斯·彼拉多④坐在这样的轿上

　　上面罩着这样的帆布

在军营的屁眼

　　看到两只红罐子上标着"火"字

---

① 格塞尔 *(Silvio Gesell, 1862—1930)*：曾任第一慕尼黑议会共和国金融部长，此共和国只存在了 *10* 天（1919 年 4 月 7 日至 16 日）。下行庞德说不到 *5* 天，与事实有出入。

② 原文是意大利语。"钱是有的"，是墨索里尼政府的金融副部长佩里尼说的话。

③ 希腊神话中地狱中的女统治者。

④ 可能指钉死耶稣的古罗马犹太总督。

冯·特皮茨①对女儿说：小心他们的魅力

塞壬们②，这副十字架随太阳转动③

异族人无疑大多为牲口

而犹太人消息灵通

        他会收集信息

      代替……一些更实在的东西

        可并非总是这样

塞壬们   喜欢跟他谈话

     三女神④或许在柔风中

     船桅抓在左手里

     在这观音般的和风里

谜，忘记时光和季节

可这样的风把她⑤带上岸，a la marina⑥

巨大的贝壳在海波上生长

        一只白色的贝壳

     决不是但丁式一步步地上升

而是随风转向

---

① 冯·特皮茨 (Alfred von Tirpitz，1849—1930)：德国海军上将，在一次大战中用潜水艇和水雷对付协约国。"他们"指英国人。

② 希腊神话中以歌声诱惑水手的海中女妖。

③ 指纳粹符号。

④ 原文希腊语，指司美丽、温雅、欢乐的三女神。

⑤ 以下几行描写女神阿芙罗狄蒂诞生于海浪中的情景。

⑥ 意大利语，意为"上岸"。

西南风吹着

如今源氏①在须磨②，西南风吹着

随风转向，木筏漂荡

声音嘈杂，提洛，阿尔克墨涅

和你们一起的是欧罗巴③而非贞洁的帕西淮④

东南风，东风，当风在地貌⑤上转向

我是月亮。库妮扎

当风在地貌上转向

从塔培恩峭壁⑥下面

沉醉于卡斯特里⑦酒

"以其神之名""精灵闪现"

闪现／没有成形

"不适于年轻人"亚里士多德说，这位

斯达吉拉人

但如西风下的野草

东风下的绿叶

时间不是，时间是罪恶，可爱的

---

① 日本古典名著《源氏物语》主人公。

② 日本城市名，靠近神户。

③ 希腊神话中欧罗巴被化为公牛的宙斯所追逐并捕获。

④ 希腊神话中赫利俄斯之女，喀耳刻之姐妹，克里特国王弥诺斯之妻。

⑤ 原文 periplum，见 003 页注④。

⑥ 原文为拉丁语，古罗马罪犯和叛徒被处死在此地，这里可能是一家餐馆的名字。

⑦ 葡萄酒牌名，罗马市面上最普通的酒。

可爱的，粉红手指的时辰①

　　　　衬托着窗户上的微光

　　　　远处的海成了一抹地平线

反衬光明，玉雕的线条

侧影，"去刻画阿黑亚"②

　　　　　　一个梦在半明中闪过面前

　　　　　　维纳斯，库忒瑞③，"抑或罗得岛"④

　　　　　　来吧，甜美的风

"美是困难的。"比亚兹莱先生⑤说

　　　　　　凯特威尔先生⑥从他的一幅

仿比亚兹莱的新生作品中抬起头

　　　　对 W. 劳伦斯说：

　　　　　　　　　　"可惜你没有一鼓作气

把事儿干完。"

　　　　　　W. L. 曾骑车撞了

　　　　　　　未来退位的爱德华

同届的新生

----

① "粉红手指"是古希腊诗歌对黎明的比喻。

② 阿黑亚：一个古希腊地名，古罗马奥古斯都王曾在此建省。

③ 即希腊女神阿芙罗狄蒂，色情、美和恋爱的化身。

④ 爱琴海上的一座岛屿。

⑤ 奥布里·比亚兹莱 (Aubrey Vincent Beardsley, 1872—1898)：英国画家和作家。

⑥ 牛津大学的一位学生。以下几行说的是另一位牛津学生 W. 劳伦斯曾经骑自行车撞了未来的皇储爱德华八世，凯特威尔叹惜 W. 劳伦斯没撞得更狠一点，把爱德华弄死。

在 1910 年左右

美是困难的

在柏林—巴格达工程①的年代

托马斯·劳伦斯②拍摄阿拉伯彼特拉石庙的年代

可他不愿谈及

LL. G③和青蛙大使④，他（托马斯·劳伦斯）

想谈现代艺术

可只谈二流的，不谈一流的

美是困难的。

他说我有太多抗议　　　　他想办一个出版社

印刷希腊古典……地貌

老掉牙的斯诺⑤

实在荒唐，引证"他在我看来"

以应答"震颤的空气"

美是困难的

---

① 由德国倡议修建的一条铁路线，于 1904 年完工，成为德意志帝国主义的象征。

② 托马斯·劳伦斯 (Thomas Lawrence, 1888—1935)，英国军官，因在阿拉伯起义中出名，人称"阿拉伯的劳伦斯"，亦为上文 W. 劳伦斯之兄。

③ 劳埃德·乔治 (Lloyd George, 1863—1945)：参加第一次世界大战凡尔赛和会的英国首相。

④ 指主持凡尔赛和会的法国人克列孟梭 (Georges Clemenceau, 1841—1929)。

⑤ 牛津大学教师。庞德曾在牛津并讲座，讨论意大利卡瓦尔康蒂 (Cavalcanti) 的诗，认为卡氏的诗可与女诗人萨福的诗媲美；而斯诺则持反对意见，引证萨福的"他在我看来"以对卡氏的"震颤的空气"。言下之意，萨福的诗更好。

可另一方面马格达伦①的院长

（和多德伦②一字押韵）说

他读过的一首现烟恩代诗

     《天狗》字数太多

无疑教授们在"大晓"里

          过得滋润

若我记得没错，那是新生们对火烧与冰冷③

无法理解

或只是想傻笑等等

无疑（说句实话）

        教他们像猩猩一样嚎叫

比解读"他在我看来"更容易

             低等的猩猩

只是没有风袋④

   尽管西基⑤很值得一看

    我们还没计算总数

        猩猩 + 刺刀

---

① 牛津大学的一个学院。

② 英文 *dawdlin*，"混日子，磨蹭"之意。下文有些词如"现烟恩代"（现代）、"大晓"（大学）为模拟此院长的腔调。

③ 源出萨福诗句。

④ 猩猩的发音器官之一。

⑤ *20 世纪 20 年代的一位轻量级拳击冠军。*

有一位好人名叫布尔[①]

　　　　是一次大战中艾伦的后裔

他觉得英国人很有趣

　　　　不过他没持续多久

凯西下士告诉我，斯大林

　　　　头脑简单的斯大林

　　　　没有一点幽默感（敬爱的熊！）

老里斯，欧内斯特[②]，是一位爱美者

　　　　当他还是煤矿工程师时

　　　　有个人在煤道上从他身边飞驰而过

容光焕发，喜气洋洋，

　　　　"俺刚才……汤米·鲁夫。"[③]

　　　　鲁夫的块头是那家伙的两倍，里斯觉得诧异

缪斯是记忆的女儿

　　　　克利俄，忒耳普西科瑞[④]

格兰维尔[⑤]是一位爱美者

三位女神都等着

---

① 可能是一个同狱囚犯。

② 欧内斯特·里斯 (Ernest Rhys, 1859—1946)：一位庞德早期在伦敦时结识的英国编辑。

③ 可能指庞德听里斯讲的一件轶事，话中省略部分是脏字。

④ 九位缪斯中的两位，分别主司历史和歌舞。

⑤ 哈利·格兰维尔－巴克 (Harley Granville-Barker, 1877—1946)：英国演员、剧场经理、剧作家。

"身后留名"

千秋万代

这片树丛需要一个祭坛

卢克雷齐娅①女士来了

在切泽纳②城门后面

还有，或曾有，一串缩写字母

幸福的一刻钟，（在马拉泰斯塔图书馆③）

托尔夸托，你在哪里？

台伯河边的卵石上响起哒哒的马蹄声

"我最心爱的骑士倒下了"……或斯图亚特④

"我的身边鬼影幢幢" "缝满历史的补丁。"

但如同米德⑤所说：若他们真的如此，

那他们此间都干了些啥，

---

① 卢克雷齐娅·博尔贾 (Lucrezia Borgia, 1480—1519)：教皇亚历山大六世的女儿，由于政治联姻而嫁给一位贵族，可去新郎家的旅程花了一个多月。

② 意大利城市，1385—1465 年间为马拉泰斯塔家族所控制。

③ 庞德曾想把自己的《诗章十六》的草稿存放在此图书馆。下行托尔夸托是图书馆馆长。

④ 指英国斯图亚特女王玛丽。

⑤ 乔治·米德 (George Mead, 1863—1933)：一家以神秘、超自然和转世回生等为专题的《追求》杂志的主编，庞德在《文化指南》一书里引用米德的话："我知道很多人前身是斯图亚特女王玛丽。想想这些人以前如此出色，我就忍不住问他们，他们在前世和现世之间都干了些什么才转世回生到此。"

嗯，才转世回生成……？

还有福特社①的猜测

美是困难的……朴素的背景

　　　　　　　　先于色彩

这篷翼下的野草或别的什么

　　　　无疑有竹枝的形象

代表性的笔画应是相似的

……颧骨，通过语言表达，

　　她②的眼神犹如《诞生》里的维纳斯

　　　　而孩子的面孔

在卡波夸德里③门廊方形的壁画上

　　　中央背景

玉体在日神下上岸

　　　　柔光四泻

某些意象在脑海中形成

　　　　留在那里

　　　　　预备之处

　　阿拉克涅④带给我好运气

————————

① 一个专门研究超自然现象的社团。

② 可能指庞德的情人奥尔加·拉奇，下行的孩子可能指他们的女儿玛丽。《诞生》指意大利文艺复兴时期画家波堤切利的名画《维纳斯的诞生》。

③ 意大利锡耶纳城里的一间房子，诗人曾在此住过。

④ 希腊神话中阿拉克涅欲跟雅典娜比织布，后者把她变成蜘蛛，以使她织布不停。因此阿拉克涅成了蜘蛛的代名词。

留在那里，复活的意象

仍在台伯区新娘教堂①

用于神化帝王

圆形浮雕

       用来建造阿黑亚

至于在如今已是里茨—卡尔顿旅馆的地方

       在圆桶上②和黑吉姆下跳棋

富克特先生的声音或奎肯波先生的

拿破仑三世山羊胡子，我曾以为他名叫

奎肯巴什，

奇坦登太太的傲慢神情

       古老南方的残余

       被冲刷到曼哈顿与褐石住宅

       或（后来）前门台阶

通向穆坎餐馆③

       或是老特雷恩④（弗朗西斯）坐在人行道旁

       那张简朴的木椅上

---

① 见 *004* 页注⑤。

② 此下几行诗人回忆儿时在纽约的情景。他的亲戚曾在纽约拥有一家公寓，现已变成豪华旅馆（里茨—卡尔顿），下文的富克特、奎肯波、奇坦登等均为公寓房客。

③ 纽约一家法式餐馆。

④ 弗朗西斯·特雷恩 (*Francis Train*，1829—1904)：美国商人和作家，曾竞选总统，言辞激烈。年老后常坐在纽约格林威治村人行道的一把椅子上。

一个家伙在市场上扔出一把飞刀

掠过成篮成筐的桃子

　　　　　一美元一筐

42 街地下通道的阴凉　　　（地貌）

石灰水和马车，莱克星顿街的电缆

雅致，传统的骄傲，雪花石膏制的

　　　　　　　比萨斜塔[①]

　　　　　　　　（雪花石膏，不是象牙）

欧罗巴的彩照

威尼斯木雕，威尼斯玻璃杯和茶壶

还有火桶，1806 年马萨诸塞州巴尔镇

　　　　　康涅狄格州的宪章橡木

　　　　　或从科洛格尼大教堂开始

　　　　　托尔瓦德森的狮子和画家保洛·乌切洛

　　　　　接着是爱尔汗布拉宫，狮子宫廷和

　　　　　琳达拉哈女王的画廊

往东到丹吉尔，悬崖，珀迪卡里斯别墅

莱斯·乌里，地貌

乔伊斯先生也沉迷于直布罗陀

　　　　　　与赫耳枯勒斯石柱

---

① 　以下几行是诗人回忆小时和姨妈游欧洲和北非带回的东西、麻省家中的杂物，以及途中所见建筑物等。

而不是我在杰文斯太太旅店里的天井

紫藤、网球场和虫子

　　或卖给水手的啤酒的质量

看看那不勒斯或罗马式的帕维亚

　　　　更值得①

同样，圣泽诺②的形状

　　廊柱上有建造者的签名

　　　　　圣皮埃特罗的壁画和《圣母玛利亚在花园》油画

"使空气清晰得震颤"

这行诗在首图③的手稿中

十二使徒饭馆

"茶在这里。"领班招待说

在1912年，给一个年轻的招待讲解此中奥秘

用邻家旅店的茶壶

可是咖啡很晚才来到阿西西④

　　　　　　就是说，人们才喝到它

当它在奥尔良消失时，法国几乎被糟蹋了

----

① 诗人套用意大利俗语："看看那不勒斯，死亦足矣"，意同"不到长城非好汉"。
帕维亚是一座意大利北部城市。
② 意大利维罗纳市的一座教堂。
③ 指维罗纳首都图书馆藏有卡瓦尔坎蒂的手稿，上行引诗出于他第七首十四行诗。
下行"十二使徒饭馆"是庞德去首图研究卡瓦尔坎蒂手稿时用餐的地方。
④ 意大利中部的一座小城。

才有维也纳咖啡屋的事实

而卡弗先生[①]推广花生种植

值得称赞，

花生豆子尚未挽救欧洲

意大利移民不用槭糖浆

商业的有效运转

一座座美丽石雕刻成了

寄生虫们争辩真伪

（雕塑于拉古萨[②]）：你经营什么艺术？

"最好的，"现代作品吗？"哦，没有现代的，

我们卖不了任何现代作品。"

可巴克尔先生的父亲仍照传统制作圣母玛利亚

那种在任何大教堂都能看到的木雕

另一位巴克尔还在刻凹雕

如同伊索塔时代的萨卢斯蒂奥[③]

面具从哪里来，在蒂罗尔

在冬季

在每座房子里驱魔除鬼。

安谧地，在水晶柱里

---

① 乔治·卡弗 (George Carver, 1864?—1943)：美国农业化学家，在南方推广花生种植。

② 意大利港口。

③ 伊索塔是西格斯蒙多·马拉泰斯塔的妻子，萨卢斯蒂奥是他们的儿子。

如同喷泉抛出的亮球

（魏尔伦①）如钻石般清纯

泰山下风吹得多么轻柔

在怀念大海的地方

远离地狱，那个坑

远离尘埃与耀眼的邪恶

西风 / 东风

这液体肯定是

思维的一部分

不是象征　而是成分

在思维的构造里

是动因和功能　宛若尘埃之与喷池

汝曾见铁粉勾画玫瑰

（或天鹅绒？）②

催促是如此的轻微，暗黑的铁瓣是如此的整齐

我们这些已渡过忘河③的人

---

① 保罗·魏尔伦 *(Paul Verlaine, 1844—1890)*：法国著名象征派诗人。

② 上下文提到的水晶柱、钻石、喷池与尘埃、铁粉勾画玫瑰、天鹅绒、铁瓣等等，都代表诗人心目中向往的生命之秘密，一种神奇的创造力让水晶、钻石成形，铁粉在磁性作用下组成玫瑰图案。庞德在诗歌里同样寻找这种创造力。

③ 希腊神话里冥府中的河，人饮其水，即忘却过去。

第七十五章

来自佛勒革同河[①]!

来自佛勒革同河，

葛哈特[②]

尔可来自佛勒革同河？

你的小背包里有巴克斯特休德与克拉杰斯[③]，你的

旅行袋里有萨赫斯的集子

——不是孤鸟独鸣，而是群鸟齐唱[④]。

---

① 指希腊神话里冥府中的火河。此河流于城周，隔岸可闻城内人的呻吟与尖叫。庞德说"二战"的火焰亦使他想起此火河。

② 葛哈特·明奇 *(Gerhart Munch)*：德国 20 世纪钢琴家、作曲家。

③ 前者为德国 17 世纪音乐家，后者为德国现代人类学家，这里指小背包里装有他们的作品。下行的萨赫斯为德国音乐家。

④ 以下在乐谱上方有两行手写文字："借撒拉西: 群鸟之歌。小提琴曲。弗兰西斯科米拉诺（*15 世纪*）。葛哈特·明奇（*g 音部*）*[变形而来]*。——《群鸟之歌》原为法国 *16 世纪*作曲家克莱门·杰内昆的合唱曲，后被意大利 *16 世纪*（而非庞德所说 *15 世纪*）音乐家弗兰西斯科·米拉诺改编成琵琶曲，然后被德国明奇改编成小提琴和钢琴曲。另外，在乐谱结尾处，庞德手写"米拉诺"与中文"新"字。

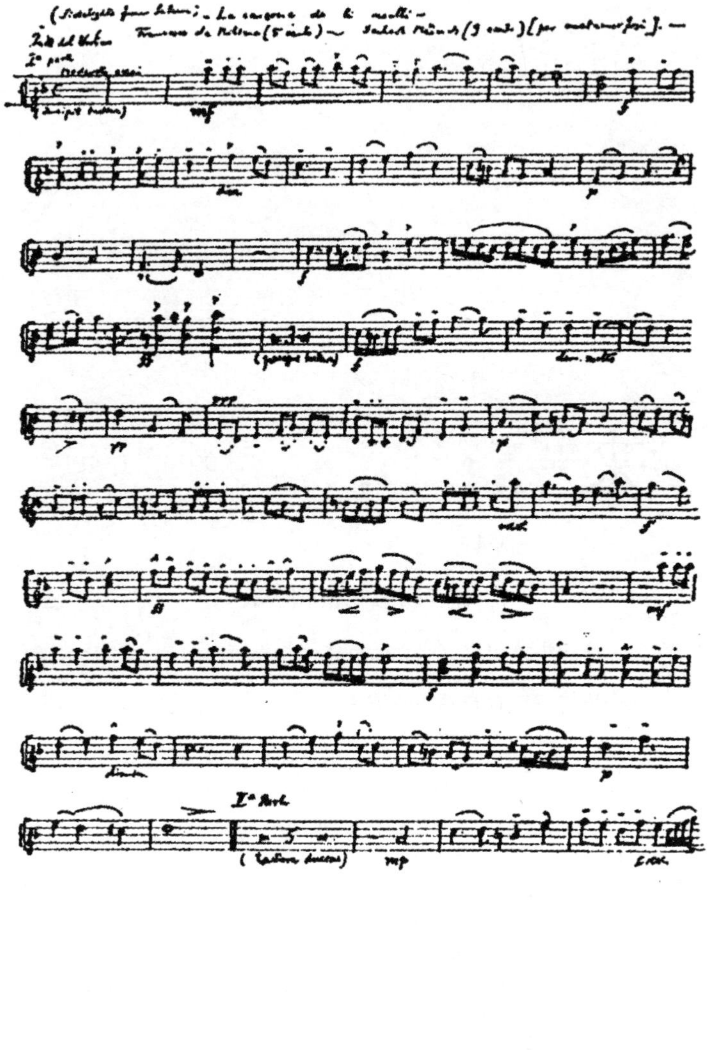

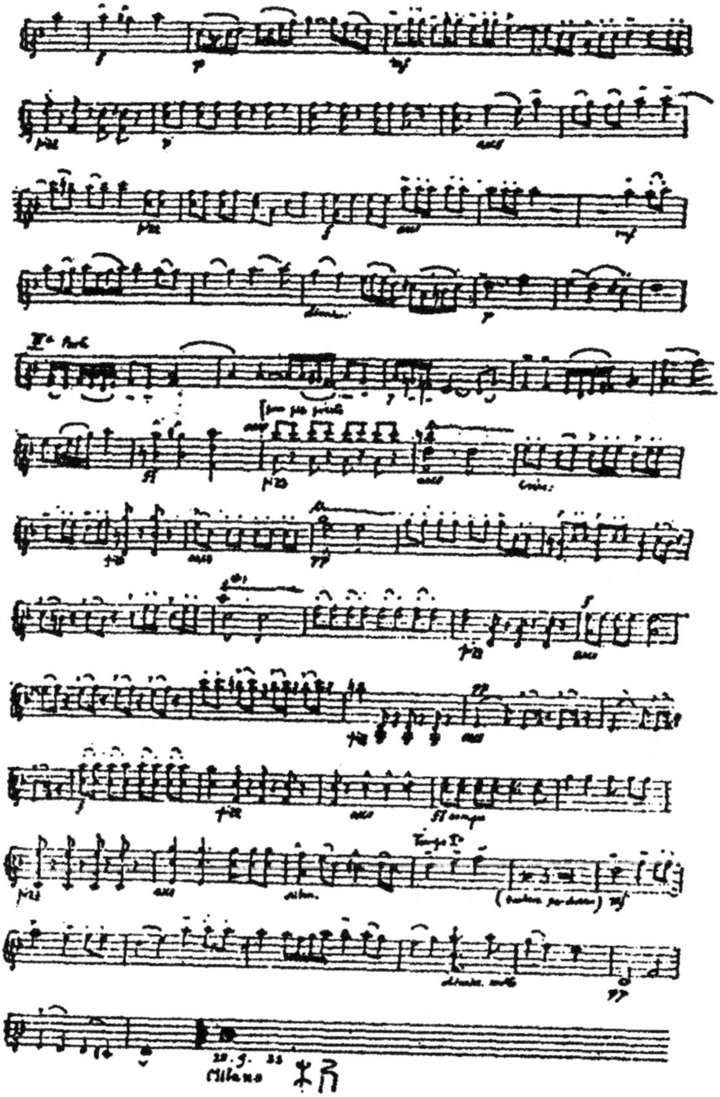
pizz
arco
Tempo I°
28. 9. 33
Milano

第七十六章

而太阳高悬在隐匿于云岸后的地平线上

把云边镶成橘黄

记忆不灭的地方

"将要，"西尼约拉·阿雷斯蒂[1]说，"瓦解他的政治

而非经济体制"

但在高高的悬崖上，阿尔克墨涅[2]，

德莱亚丝，哈玛德莱亚丝，赫利阿德斯姐妹[3]

---

[1] 意大利的一位多年从事20世纪经济问题研究的女作家。

[2] 见015页注[4]。

[3] 前两者均为林木女神。后者是日神的女儿们，由于哀悼被主神宙斯之闪电劈死的兄弟而被化为白杨树。

开花的树枝，摇摆的衣袖

狄耳刻、伊索塔和那名叫春天的她①

在永恒的空中

她们忽然站在我的房间这里

在我与橄榄树之间

或在坡上，三岔道口

回答说：太阳在其伟大环航里

把他的舰队带到这儿

在我们的悬崖之下

在我们峻峭的悬崖之下

与他们的桅顶齐平

西格斯蒙多②沿着奥雷利亚到热那亚

沿着圣潘塔列奥下方的老路

库妮扎③在三岔道口，

光脚的姑娘，她④说：我仍有模子，

雨在于塞尔⑤整夜下个不停

---

① 这三位常被名诗人作诗礼赞的女子，在庞德看来，她们将由于这些诗作而不朽。

② 见 004 页注②。奥雷利亚是一条古道，从罗马通到比萨，再到热那亚。

③ 见 029 页注②。

④ 这是意大利 15 世纪的一位人物，曾把自己的孩子留给敌军做人质，保证自己回城后交出城堡。她回去后却登上城墙，露出自己的生殖器，说："我仍有模子，能造更多的孩子。"

⑤ 见 009 页注③。下行托洛萨为法国城市名，塞古尔山亦在法国。

那腐烂的风吹过托洛萨

塞古尔山里有风的空间和雨的空间

　　不再有米特拉斯①的祭坛

从三岔道口至城堡

　　　　　层层灰色的橄榄枝扶着院墙

树叶在东南风里翻转

　　　光脚的姑娘：我是月亮

　　　他们毁了我的屋子

破碎的石膏像女猎手②不再看守

时代，时代，至于风俗

巴比伦墙边（奇弗③记得）

　　　他的浅浮雕上，那行诗句

使我们想起他

　　　谁死谁生

---

① 波斯神话中的光明之神，如同希腊神话中的日神。

② 可能是指庞德曾见过的一座希腊女神狄安娜的石膏像。

③ 指拉尔夫·奇弗·邓宁（*Ralph Cheever Dunning*, 1865—1930），他是美国诗人，有诗
云："我的院子有墙／高如任何巴比伦墙。"

世界能否重循旧轨？

私下里，我问你①：它能吗？

　　迪俄多纳②死了，被埋了

片甲不留，还有莫魁恩、瓦桑或聂夫斯基的

　　　糕饼店

　　　　格里夫，是的，我想，还有舍内斯，或许

那家酒馆和罗伯特店

　　　而鲁比不再是鲁比，倒闭了

　　　普勒·卡达兰、亚莫农维尔、布里艾

　　　像威利③一样消失了，我想

没有再版

特奥菲尔的古董，科克托的古董④

　　　如同残骸把他们压在底下

　　　每人都有自己的废品店

---

① 可能是庞德在狱中听到高音喇叭里放的 *20世纪30年代* 流行歌曲里的一句歌词："看她街上走过来，私下里，我问你，她好甜，是不是？"

② 伦敦一位名厨。从此至下文"布里艾"均为诗人早年光顾过的伦敦、巴黎、纽约、彼得堡、维也纳、罗马等地的酒店、餐馆等等。其中一些在"二战"中被毁或倒闭了。

③ 指亨利·戈蒂厄尔-维拉 *(Henry Gauthier-Villars, 1859—1931)*，法国小说家，绰号"威利"。

④ 两人均为庞德之友，喜欢收藏古董。

房屋应是建于80年代

　　（或60年代）就凭那些

　　　　可艾琳①的阳光把戏使伦敦的十一月更柔和

　　　　进步，b……h②你的进步

懒惰　熟悉土地和雨露

　　　　但让他们守道三周　　Chung③　　中

　　　　　　　我们怀疑

政府不会信赖这个中

　　　　　　　　这个字已造得

完美无缺　誠

献给国家的礼物莫过于

　　　　孔夫子的悟性

　　　　　　那名叫仲尼的人

　　　　述而不作典集

　　　　（b……h 你的进步）

────────

① 一位女艺术家，阳光把戏指她把灯光摆在黄色窗帘后面所造的效果。

② 代表"*balls for your honor*"（开舞会庆贺你），但是英语 *balls* 在此是一语双关，也是"睾丸"的意思。

③ 这里的"中"指《中庸》，源出《中庸》第三章："中庸其至矣乎，民鲜能久矣。"

各以其神之名

因而在直布罗陀的犹太教堂

　　　　在不知是啥仪式的开端

　　　　幽默感似乎占上风

可他们至少尊重律法条文

　　　　依此，据此，赎罪

　　　　用真货币以 8.50 美元、8.67 美元的价格买地

在度衡或估量（价格）上不行不义之举

基督徒们不必佯装

　　　　自己凭正义、锡安山[①]

　　　　写出《利未记》[②]

　　　　尤其是第十九章

而不是靠把张三李四骗得

　　　　　　　晕头转向

干吗不修改旧制[③]？

罪犯不爱动脑筋？

————————

① 见 011 页注⑤。

② 见 023 页注①。

③ 源出《论语》："鲁人为长府。闵子骞曰：'仍旧贯，如之何？何必改作？'子曰：夫人不言，言必有中。"

"嘿，龅牙，神经有哪几本书？"①

"说说看，有啥？"

"拉丁文？我学过拉丁文。"

那黑鬼杀人犯对牢笼之友说

（弄不清他们中谁在说话）

"算了吧，小薯条。"小黑个儿对

大黑个儿说。

"玩玩而已，"死亡之前无妓女也②

（"那是进步，我的你的，"说／管它叫进步）

海崖上永恒的天空

"身挂马驳枪的伯恩斯是我们劳改中心的骄傲"

可是把法兰西的条条道路放在这里，

卡奥尔，查勒③，

河畔低矮的旅店，

白杨树；法兰西的条条道路放在这里，

奥贝特尔，普瓦蒂埃后面采的石头

——以博谢尔中士④优雅的侧影为背景——

塔耸立于一个近似三角形的地基上

---

① 见 013 页注④。

② 原文拉丁文，可能是那"黑鬼杀人犯"炫耀自己学过拉丁文。

③ 两地均为法国南部地名。下文奥贝特尔、普瓦蒂埃、塔拉斯孔均此。

④ 可能是监狱里的一位军官。

犹如从塔拉斯孔的圣马耳他教堂见到的

"在天堂吾谁与归？"

所有那些身着毛皮的美丽女子们

还有更富北方（不是北欧）风味的

传统，从梅姆灵①到埃尔斯卡姆普②，再到

但泽③的船模型…

假如那些东西尚未被毁

连同加拉的安息④，以及……

衡量的标准是此事对谁发生

对什么，若是对一件艺术品

则是对所有已一饱眼福和没有眼福的人而言

华盛顿、亚当斯、泰勒、波尔克⑤

（克劳福德带进几个殖民

家族）蛮横者

---

① 汉斯·梅姆灵 (Hans Memling, 1430? —1494)，荷兰文艺复兴时期佛兰德斯画派画家。

② 马克·埃尔斯卡姆普 (Mac Elskamp, 1862—1931)，比利时象征派诗人。

③ 波兰港口城市。

④ 指罗马皇后加拉的陵庙。

⑤ 见 027 页注③。

大家都说好景不长

其实一阵小暴雨……

　　　　　　像一只老鼠，从云山中爬出

想起乔伊斯及其儿子的来访

　　　　　　在卡图卢斯①灵气萦绕之处

还有吉姆对雷电的敬畏

　　　　　　和壮丽的加尔达湖

然而诺顿小姐②对那次白痴们谈话

　　　　（或"接着说"）的记忆

是如此真切，连这位杰出的爱尔兰作家

　　　　　即便偶尔与之匹敌（？虚构地）

　　　　　也绝对无法超越

　　　大家都说好景不长

大运河至少延续到我们的时代

　　　　即使弗洛里安③已经翻新

---

① 卡图卢斯 (Gaius Valerius Catullus, 84？B. C. —54？B. C.)：罗马诗人，深受庞德的崇拜。亦见 007 页注②。此处写的是庞德与詹姆斯·乔伊斯及其儿子在意大利加尔达湖边上的一次会面。下行吉姆指乔伊斯，他怕雷电。
② 全名萨拉·诺顿，一位作家的女儿，1908 年庞德在威尼斯见到过她。
③ 意大利威尼斯一家咖啡馆。

广场上靠人工呼吸维持的

　　　　　商店

为《约里奥的女儿》①他们发行了一个

　　　　　特别版本

　　　　　　（题为《环礁湖的俄狄浦斯》）

以戏谑邓南遮

　　　　　讲台上的祭坛

20 年的梦想

　　　　　比萨上空的云

　　　　　　好似意大利任何地方

年轻的莫扎特说：你若吸一撮鼻烟

　　　　　或步庞塞②之后尘

　　　　　　到佛罗里达的喷泉

跟德莱昂到那花丛中的喷泉

　　　　　或步安喀塞斯③之后尘，搂着她轻飘之腰

两人贴近

　　　　　　　　强大的库忒瑞，可怕的库忒瑞

无云，可那晶体

---

① 意大利小说家、剧作家邓南遮 (Gabriele D'Annunzio，1863—1938) 写的一个剧本。

② 庞塞·德莱昂 (Juan Ponce de Leon，1460?—1521)：西班牙殖民者，曾因寻找"青春泉"而发现佛罗里达。

③ 见 023 页注④。

手杯中成形的切面

如清风在毛榉丛中

似强流在松柏林里

女儿，可怕的德丽亚[①] / 她不知激情为何物

移转乾坤的晶体，流畅，

无怨无恨

死亡，疯狂 / 自杀颓废

就是说，人愈老愈愚蠢

历尽磨难，

除了情感的质量

其余都无关紧要——

最终——在脑海里刻下痕迹

记忆不灭的地方

若盗窃是政府的宗旨

（每家贴现银行，J. 亚当斯说[②]）

则会有相应的小偷小摸

几辆军车，一袋去向不明的白糖

---

① 希腊神话中的贞洁女神，亦叫作阿耳忒弥斯。

② 美国总统约翰·亚当斯说："每家贴现银行都腐败透顶。"

还有电影的效果

看守不认为那是"元首"①发动的

XL 中士认为人口过多

造成定期屠杀的必要

（至于由谁来干……）他号称"开膛手"②。

躺在崖边柔软的草地上

海离此 30 米的下方

移动在举手可及、伸臂可触的地方

晶体，水之另极，

在石床上清晰可见

而驯服的野兽

缀满宝石的原野，与小鹿，与豹一齐右转

矢车菊，蓟和剑花

草长半米

俯身崖沿

……这还不是升天

灵魂不在此，肉身也不在

---

① 指希特勒。

② 狱中 XL 中士，人称"开膛手"（*Ripper*）。开膛手杰克 *(Jack the Ripper)* 是 19 世纪 *80* 年代在伦敦让人闻风丧胆的杀手。

不在此实质①里，这岛屿属于狄俄涅②

在她的星辰下

去德丽亚③，绵延的草地上长着白杨树

向塞浦路斯

山，紧闭的庭院里梨花盛开

在此安息。

****

"双眼，（失去了） 想找一个

会说他的方言的人。我们

谈论山谷里的每个小伙子和姑娘

可当他病退回家

他伤心至极，因为他能摸得出

他家母牛的一根根肋骨……"④

这风来自卡拉拉⑤

柔和如同第三层天

县长说

---

① 据诗人的理解，实质 *(hypostasis)* 和精神 *(spirit)* 相对。

② 主神宙斯之妻，阿芙罗狄蒂的母亲。"她的星辰"指金星，而塞浦路斯是阿芙罗狄蒂所住的岛屿。

③ 指德丽亚所住的德洛斯岛。

④ 这是庞德从在德国军医院工作的女儿的来信中读到的故事：一位年轻人参战受伤，双目失明，从医院回家后，指责其父未看好他的母牛，因为他能摸出它的每一根肋骨。

⑤ 在意大利托斯卡纳的一座城市。

当猫爬在加尔多内①门廊的栏杆上，

　　　从那边流走的湖水

静悄悄，跟富士山下的

　　　谢米奥②截然不同："那女人……"

　　　　　县长说，在沉默里

　　　而他们哭娃娃的弹簧断了

布雷肯③下台了，B.B.C. 可以撒谎了

　　　可至少会吐出别样的污水

　　　　　至少略有不同，而其本质

不变，就是说，继续撒谎。

　　　　　　如一只孤独的蚂蚁爬离崩塌的蚁山

爬离欧洲的残骸，我，作家。

　　　雨已落下，风从山上

　　　吹来

　　　卢卡，马密堡，另一次大战后的伯查尔德④……

---

① 意大利地名，靠近加尔达湖。

② 即加尔达湖，富士山是诗人的联想。

③ 布伦丹·布雷肯 (Brendan Bracken)：曾任英国情报大臣，掌管 B.B.C.（英国广播公司）的战时审查。1945 年 5 月 23 日，首相丘吉尔辞职，但两天后又重新组阁，因而布雷肯只"下台"两天。

④ 卢卡是一个意大利中部城市，马密堡为此地区的一个小镇。伯查尔德是人名，所指无法确证，可能是指奥匈帝国外交部长伯查尔德，其鲁莽外交策略导致第一次世界大战不可避免，战后被撤职。

零件重新组装。

  ……在水晶里，轻快地升腾如同忒提斯[①]

在日落前的玫瑰蓝里，

胭脂红与琥珀黄里，

这些是灵魂？肉身？

            实感决不等于升天

          但水晶可用手掂量

轮廓鲜明，穿越冥冥之中：忒提斯，

玛耶[②]，阿芙罗狄蒂，

            不必冲刺

        连海豚也不能游得更快

      佐阿利[③]海面飞入碧空的翅鱼

        也显得慢了，尽管它腾空出海如同一支活箭。

比萨草地上空的云

            显然跟半岛上见到的所有云朵

一样美丽

        野蛮人尚未毁坏它们

---

① 希腊神活里的海中仙女，为大力士阿喀琉斯之母。

② 印度教中的玛耶女神，系虚幻女神，湿婆神之妻，被人格化作为少女的土地之母。

③ 诗人的意大利住处拉巴洛以南数英里远的一个城镇。

如他们毁坏了西格斯蒙多①的庙堂

神圣的伊索塔（至于她那座在比萨的雕像？）

秋千旁的梯子，至于走下十字架②

哦白脯的燕子，真该死，

除了它，没人捎信，

对爱者说：我爱③。

她的床柱用蓝宝石做成

因为此石能催眠。

尽管有野蛮人

常春花和一种在草中打结的

矮小牵牛花，和一种毛茛

及结果

天堂不是人造的

心灵的状态，我们无法名状。

哭泣　　哭泣　　哭泣

---

① 见004页注②，下行伊索塔为其妻子。

② 可能指巴萨一个教堂的壁画，在"二战"中被毁。也可能联想到一系列中世纪宗教画，
总题为《走下十字架》。

③ 原是法语 amo（我爱）。

L. P.① 诚实的人们

　　　　我同情别人

可能还不够，在自己方便的时候

　　　　天堂不是人造的，

　　　　　　地狱也不是。

东风来了，作为安慰者

日落时分放猪的小牧女

　　　赶着猪群回家，美发的女神

　　　　　在双翼的云彩之下

　　　　　在一天左右的时间里

在光滑如肥皂的石柱旁，那里圣维奥②

和大运河相遇

在萨尔维亚蒂和那座属于唐卡洛斯的房屋之间③

我是否该把命运扔进水浪？④

---

① L 代表赖伐尔 *(Pierre Laval, 1883—1945)*，"二战"期间出卖法国给纳粹德国的法国傀儡政府的总理，战后以叛国罪被处决；P 代表贝当 *(Henri Philippe Petain, 1856—1951)*，法国元帅，第一次世界大战时曾指挥凡尔登战役，第二次世界大战任维希亲纳粹政府元首，因通敌罪被判终身囚禁。
② 威尼斯的一座教堂。
③ 萨尔维亚蒂是威尼斯的一家玻璃店。唐卡洛斯是一位西班牙王公。
④ 此处指庞德年轻时一次戏剧性经历：他坐在威尼斯运河畔，考虑是否要把诗稿《灭灯之后》扔进水中，从此与诗无缘，还是跨过运河，去彼岸把诗稿校样交给印刷厂，或是暂不作任何决定，等待 24 小时再说。

《灭灯之后》的校样／

在托德罗石柱旁

还是我该去彼岸

抑或再等 24 小时，

从此自由了，之后的不同

在伟大的聚居区，原来站着

刺眼旧物的地方，现有大时代的新桥①

文德拉明，孔查里尼，丰达，丰德秋②

还有图利奥·罗马诺雕刻的塞壬们③

如老看守所说：于是从此

再没有人能雕刻她们

为珠宝盒——奇迹圣母玛利亚教堂④，

为希腊圣乔治教堂，埋着头骨的地方

在卡尔帕乔⑤的画里；

当你走进去，右边的圣水器里

映照着圣马可教堂的个个金顶

---

① 意大利法西斯统治时期修建的一座木桥。

② 此行均为威尼斯建筑物名称。

③ 图利奥·罗马诺 (Tullio Romano, 1455?—1532)：意大利建筑师、雕刻家。

④ "珠宝盒"是奇迹圣母玛利亚教堂的绰号，下文希腊圣乔治、圣马可均为威尼斯教堂。

⑤ 卡尔帕乔 (Vittore Carpaccio, 1465—1526)：意大利画家。

阿拉克涅①，你带给我好运气，去那篷绳上织网吧

乔治大叔②在布拉西塔罗的修道院

　　　　你，从这儿路过的人：

　　　　　邓南遮③住在这里吗？

那美国女士，K. H. ④，问道。

　　　　　"我不知道，"年迈的威尼斯女人说，

　　　　　　　"此灯是给贞女的。"

　　　　　"别打架，"焦万娜⑤说，

　　　　　　意思是：别工作太勤，

阿拉克涅带给我好运气；

　　　　　　雅典娜，谁伤害了你？

　　　　　　谁伤害了你？

那只蝴蝶⑥已从我的烟孔中飞走

---

① 即蜘蛛，详见 047 页注④。

② 美国众议员，见 020 页注②。

③ 见 065 页注①。

④ 指凯瑟琳·海曼 (Katherine Heyman)，一位女钢琴家。

⑤ 诗人曾住过的一座房子里的仆人。

⑥ 在庞德看来，蝴蝶是灵魂脱离肉体的象征。烟孔是指帐篷顶上的通气口，此时诗人已从露天牢笼搬进一顶帐篷里。

在利多，乔治大叔端详沃尔佩伯爵[1]的脖子

推断他的精力。乔治大叔站着像一座雕塑

"纪念碑上的拉瑟福德·海斯[2]"

当公主走近他时

"你从新英格兰来？"第十选区[3]咆哮道，

他说着，就问到我头上来了：

这是达佛涅的桑德罗[4]——

怎么可能？ 30 年以后，

特罗瓦索，格雷戈利奥，维奥[5]

"别让他们整你，"胡子博士[6]带着粗喉音说，

他那时是威尼斯的苏格兰教士

提醒人们警惕巴比伦阴谋[7]

---

① 指朱塞佩·沃尔佩 (Giuseppe Volpi, 1877—1947)，他曾任墨索里尼政府财政部部长。

② 美国第 19 任总统。下行的公主可能指温娜雷塔·尤金妮亚 (Princess Winnaretta Eugenia, 1870—1943)，她曾帮庞德弄到《诗章七十五》的乐谱。

③ 指乔治大叔，他是来自麻省第十选区的议员，见 020 页注②。

④ 在桑德罗·波堤切利 (Sandro Botticelli, 1445—1510) 的名画《达佛涅》里，达佛涅被宙斯所追，变成桂树。

⑤ 均为威尼斯教堂。

⑥ 一位威尼斯苏格兰长老会教堂的牧师。

⑦ 1309—1378 年，由于宗教派系斗争，所有法国籍教皇均住在法国阿维尼翁，而不是罗马，史称"巴比伦囚禁"。

此后有过不少

高层主教的奇思乱想

　　　　嗯，我的窗户

　　　　朝着奥尼桑蒂与圣特罗瓦索①

汇合处的船坞

　　　　万物皆有始终

而镀金的宝匣无始无终

隐蔽的巢、泰米的梦、伟大的奥维德②

　　　　用厚板包着，伊索塔的浅浮雕

　　　设计之精心

曾属于马拉泰斯塔家族③

　　　　　　法诺拱门后的长廊

曾属于马拉泰斯塔家族

　　　　"64 个国家，掉进一座沸腾的火山，"

　　　中士说

他有走私酒的前科（酒是红葡萄酒）

　　　　"走私威士忌，"他说；山蚝？

---

① 威尼斯的两条运河。

② 三者均为画的题目，曾是庞德的私人收藏品，用木板保护着，他被捕后没收充公了。

③ 意大利中世纪的一家名门贵族，西格斯蒙多、伊索塔均为此家族人物。

以泪洗净

优雅的眼泪　眼泪

砖头从虚无中想象出来

岩石凹处的温和，海螺

备受尊崇，永生[1]

那只蝴蝶从我的烟孔中飞走了

永生，残酷。在褐底上玫瑰作为

莱奥内洛的背景，彼得·皮萨诺画的[2]

一件玉雕应该永存

在阿雷佐[3]一座祭坛的遗迹（科托纳，安杰利科[4]）

可怜的魔鬼

可怜的魔鬼送去屠宰

奴隶对奴隶

在腰鼓声中，去吃残羹剩饭

用一个高利贷者的节日去转换

货币的价格

---

① 此为古罗马女诗人萨福给女神阿芙罗狄蒂献诗的首句。

② 莱奥内洛为意大利中世纪贵族，皮萨诺是那时期的画家。

③ 意大利中部城市。

④ 前者为意大利城市，其教堂藏有中世纪画家安杰利科的作品。

转换①……

高贵的岛屿②

诅咒那些以武力征服的人

那些以势力为唯一权利的人。

---

① 原文希腊语，见 035 页注①。

② 源出荷马《奥德赛》，奥德修斯吩咐手下士兵不许屠杀日神岛屿上的牲畜，可士兵们违背了他的命令，因而带来灾难。

第七十七章

而今日阿布内尔①提起铲子……

　　　　而不是盯着看它是否

有行动

冯·特皮茨②对女儿说／如前

所述／他说：小心他们的魅力

　　　　但另一方面毛克希③以为他

把我弄进卡丁公墓调查团

是帮我一个大忙，

　　　　　社稷整治

　　　　尽管不常，却是

———————

① 同狱囚犯，劳动不大积极。

② 指德国海军上将，见 040 页注①。

③ 一位意大利书商。卡丁是俄国西部村庄，第二次世界大战中曾被德军占领，其公
墓中埋有 1 万名波兰官兵，德国与苏联相互指责是对方搞的屠杀。

事物遵循之某种水准

Chung

居之中 **中**

无论垂直还是水平

　　"一旦得到它们（优势、特权），

便无所不至地

保住它们。"①

　　　　　　您忠实的　孔夫子

走进纽约克林顿的沃森兄弟店里②

　　　　正好听到碰撞声，是一个

　　大袋子或小书包

　　掉在地上，顺着 20 英尺③长的廊道滑行

　　最后停在玻璃器皿的一片哗啦声里

　　　　（证明打不碎）

　　　有人问：来的是啥玩意儿？

"让我告诉你来的是啥玩意儿

---

① 源出《论语·阳货第十七》："鄙夫可与事君也与哉？其未得之也，患得之；既得之，
患失之；苟患失之，无所不至矣。"

② 以下几行诗人回忆年轻时在纽约克林顿镇所见的一桩逸事，沃森是一家杂物店。

③ 约为 6 米。

来的是协会主义"①

（约在 1904 年，可能更早，但大致

范畴如此）

凡事有始有终（范畴）②。　　知

先　　　後

则有助悟道

亦见爱比克泰德与西鲁斯③

当大角星从我的烟孔上空走过

极度的电光

现集中于

那个家伙，他偷了一只打不开的保险箱

（插曲题为：军车之旅）

葵的鬼魂④　　　在篷翼上捣乱

咔啦咔……嘟嘟——

造雨

呜呜——

2，　　7，　　�——

---

① "社会主义"的谐音。

② 源出《大学》："物有本末，事有始终，知所先后，则近道矣。"

③ 前者为古希腊斯多噶派哲学家；后者为公元前 *1* 世纪拉丁作家。

④ 一出日本能戏中的角色。

那在巴鲁巴的人

发萨！　　　城市四次重建[1]，

而今在不灭之心中

　　　　四道门，四座塔

（南风忌妒）

　　　　　　人群从地下冒出

　　　　　阿加达，甘那，西拉，

　　而泰山模糊得如同我最初友人的鬼魂

　　他来和我谈制陶瓷；

　　　　　　雾绕山岗

何逊

　　"未之思也，夫何远之有？"[2]

北风与它的麒麟同来

令下士心碎

---

[1]　指瓦戛都城，见014页注③。下文阿加达、甘那、西拉是瓦戛都前后三次出现时的名字。

[2]　源出《论语·子罕第九》："唐棣之华，偏其反而。岂不尔思，室是远而。""子曰：'未之思也，夫何远之有？'"原来《诗经》上有四行诗（今本《诗经》未收），译成白话为："唐棣的花儿，摇摆翩翩。难道我不思念你，实在相去太遥远。"孔子对此评论道："你是不去思念，真的思念，有什么遥远呢？"

闪耀的黎明 旦 在茅屋上①

次日

在绞架的阴影里

比萨的云无疑森罗万象

绚丽得跟我迄今所见的一样

在斯凯克尔河上，斯哥德尔瀑布之下②

那溪边我似乎记得有位家伙

住在一间简朴的木棚里，无所事事

也不钓鱼，只是瞅着水，

一位 45 岁左右的男子

除了情感的质量，其余都无足轻重

口，是太阳——神之嘴 口

或在另一种联想里 （地貌）

摄政运河③上的工作室

西奥多拉④睡在沙发上，年轻的

---

① 在庞德看来，英语里的 *dawn*（黎明）跟中文的"旦 *(dan)*"字谐音。
② 位于美国费城北边。
③ 在英国伦敦。
④ 一位女人的名字，所指不详。

泰米①的"裁缝账单"

或格里希金②的照片多年后又找到

　　觉得艾略特先生可能

在写他的花边小诗时，毕竟忽略了些什么，

　　　　地貌

（舞蹈是一种媒介）

　　"归里返乡"

　　你是一个支撑肉体的小灵魂③

昙花一现的小火苗

保留在皇家芭蕾里，从未在剧院上演过④

跟查士丁尼一世⑤时的一样

　　在豪华车把他载过悬崖之前

　　　荷塞神父⑥已心中有数

　　　　舟载其一而去⑦

---

① 即伊藤道男，见 *090* 页注②。

② *T. S.* 艾略特《永恒的低语》一诗中的人物。

③ 原文希腊语，语出上文提到的希腊哲学家爱比克泰德。

④ 这一行和前四行以及后面数行诗中的有关舞蹈的描述，源出米德（*George Robert Stow Mead，1863—1933*）登载在他主编的杂志《探索》上的一篇文章《中世纪教堂里仪式性的游戏与舞蹈》*(1912)*。诗行中的有关引文是通过庞德的回忆，因此不一定精确。

⑤ 古拜占庭皇帝，据说他把宗教舞蹈包括在律法中。

⑥ 一位西班牙牧师，曾帮庞德搞到卡瓦尔坎蒂手稿的影印本。

⑦ 语出中古英语《漫游者》*(The Wanderer)*。

明了弥撒的含义，

　　学会操作程序

圣体日①的舞蹈　　在奥塞尔②

　　用的器具

陀螺，鞭子，及其他。

[我在茅厕里　一个恰当的地方

听到战争已经结束]

天空之贝合上，含住珍珠

　　秀发披肩　艾达③。

手执出鞘之剑，如在内米湖④

　　日继一日

撒谎者们还在锡拉库孔码头⑤

———————

①　纪念施行圣餐的基督教节日。下两行描写中世纪教堂的仪式器具及由此联想起的仪式。

②　法国东北部城市。

③　山名，希腊神话里女神阿芙罗狄蒂与安喀塞斯结婚的地方。

④　见 030 页注⑥。

⑤　在意大利西西里岛。

为奥德修斯争吵不休

七个字①对一颗炸弹、

若其上山

　　皆可爆

威力无穷，他们能否再搞一颗②

如同一块印章或符节，两半合拢③？

　　　　　舜之志

　　　　　文王之志

若一符之两半

　　　1/2

　　于中国

其旨同一

---

① 指下两行"若其上山／皆可爆"七个字，详译文为："只要他走上卡匹托尔山，其他地方都可炸掉。"这句的前半部分是拉丁文，源出贺拉斯《歌集》卷三第 *30* 首诗。庞德有意把建有朱庇特神庙的卡匹托尔山 *(Capitol Hill)* 与美国国会所在地国会山 *(Capitol Hill)* 相混。这句的下半部分影射随时可爆炸的原子弹。
② 指原子弹。
③ 源出《孟子·离娄下》："舜生于诸冯，迁于负夏，卒于鸣条，东夷之人也。文王生于岐周，卒于毕郢，西夷之人也。地之相去也，千有余里；世之相后也，千有余岁。得志行乎中国，若合符节，先圣后圣，其揆一也。"

志向所指，士在心上① 志

　　二贤相合

　　　　拜伦勋爵叹惜他（孔子）②

未把它写成韵文

　　"符节之半"

符節

伏尔泰在其《路易十四》的结尾

　　做了几乎跟我一样的选择③

至于发行功能

　　　　公元前 1766 年

据记载，国家可以贷款④

以萨拉米斯为证⑤

　　至于有关垄断的记录

———————

① 此为庞德对中文"志"字的解读。前面的"非其鬼而祭之谄也"一行字源出《论语·为
政第二》："非其鬼而祭之，谄也。见义不为，无勇也。"

② 英国诗人拜伦曾叹惜孔子未把其格言写成韵文，并说："在伦理上，我更倾向于
孔夫子和苏格拉底，而不是十诫和圣保罗。"

③ 法国作家伏尔泰在其《路易十四的时代》一书末章比较中国之礼仪与基督教的信
仰。他用顽固的路易十四作为例子，对有忍耐心的康熙皇帝与强制约束自己的新教徒
和詹森派教徒进行比较。

④ 公元前 1766 年商王成汤开铜矿造铜钱，以供百姓购买谷物。

⑤ 见 035 页注①。

泰利斯①；　　　还有锡耶纳的信用制②；

至于信任与不信任；

"世界属于活人"

该死的银行从无造有

榨取利息；纯粹的邪恶

转换货币的价值，货币单位的价值

货币的单位，转换货币③

我们还停留在那一章里

天堂不是人造的

库忒瑞，　库忒瑞，

移动　在地底下　　走进档案厅

人群的影子从地下冒出

天堂不是人造的

燕子在暴风雨中也不能

飞得像在和风里那样

"像一支箭，

在腐败的社会里

像一支箭"④

---

① 古希腊哲人，认为哲学家可以造钱。

② 意大利城市，最早实施庞德推崇的社会信用制度。

③ 见 035 页注①。

④ 源出《论语·灵公第十五》："子曰：'直哉史鱼！邦有道，如矢；邦无道，如矢。"

"射不中则自身反省"①

"唯天下至诚"②

绣包里不会有猪耳

　　　即便如此……

云在比萨上空，在土地女神忒路斯的两只乳头上

"他不会，"皮兰德娄③说，"拜倒在弗洛伊德脚下，

　　　他（科克托④）是一位太好的诗人。"

唉，那天之后卡姆帕里⑤就消失了

　　　　　还有迪俄多内与瓦森

戈迪尔⑥的眼睛盯在洛威尔小姐⑦忒路斯般的肉堆上

"柏拉图的头脑……或培根的，"厄普华⑧说，

---

① 语出《孟子·公孙丑上》："仁者如射、射者正己而后发，发而不中，不怨胜己者，反求诸己而已矣。"

② 源出《中庸》第二十二章："唯天下至诚，为能尽其性；能尽其性，则能尽人之性……"

③ 卢季·皮兰德娄 (Luigi Pirandello, 1867—1936)：意大利剧作家。

④ 法国诗人，剧作家，见 026 页注③。

⑤ 意大利米兰的一家咖啡屋。下行两者为法国餐馆。

⑥ 亨利·戈迪尔－布泽斯卡 (Henri Gaudier-Brzeska, 1891—1915)：法籍波兰雕塑家。

⑦ 艾米·洛威尔 (Amy Lowell, 1874—1925)：美国诗人、批评家，意象派诗歌创始人之一，身材肥胖。1914 年 7 月 14 日她在迪俄多内餐馆设宴庆贺第一本意象派诗选的出版。她邀请的客人有 12 位，其中包括庞德、厄普华和戈迪尔。戈迪尔被她的肥胖身体所惊，偷偷地对庞德说："天哪！我真想看她赤条条的样子。"

⑧ 英国小说家，见 028 页注④。

寻找和他自己相称的对手。

"你难倒木有整治急情？……①

德谟克利特，赫拉克利特，"斯洛尼姆斯基博士大声道，

　在 1912 年

因而道男②坐在黑暗里，没有一个子儿买水电

　　然后却说："你会讲德语吗？"

　　　对着阿斯奎斯，在 1914 年

"安利脸一直怎样表情，

　　　　　那面具后面。"③

可是丁凯太太从不相信他要她的猫

是去抓耗子

　　　　而不是做一顿东方佳肴

"日本人总穿大衣跳舞，"他的评论

---

① "你难道没有政治激情"之谐音，模拟下行博士之俄国口音，他是庞德在宾夕法尼亚大学的同窗。

② 伊藤道男 (1892—1961)：出生在日本武士家庭，专攻舞蹈，第一次世界大战间移居伦敦，穷困潦倒，却在一个晚会上遇到一位英国绅士，彼此用德语交谈。那位绅士其实是首相阿斯奎斯，道男从此发迹。

③ 此句文法不通是由于模拟道男之生硬英文。下文"日本人"一句同此。丁凯太太是他的女房东。

十分精辟

"就像杰克·登普西的手套，"威尔逊先生唱道[1]

　　你甚至可以在她的任一只乳房上

　　掐死跳蚤

都柏林老舵手说

　　　　　或"诚"，准确的定义

　　美丽的胸脯（以罕韵，见上）

　　两山之间有阿尔诺河[2]，我想，潺潺流淌

　　因而在混凝土上睡过觉后亲吻土地[3]

　　美丽的胸脯　德墨忒耳[4]　　交媾者

　　　　　　　　汝之垄沟

　　在炼狱里没有胜利，那里，没有胜利——

那才是炼狱；在贩奴船的甲板之间

----

[1]　前者为 1919—1926 年美国重量级拳王，后者为同狱囚犯，他哼的是一首流行歌：
　"我的姑娘有一双大乳房／就像杰克·登普西的手套。"

[2]　在意大利中部。

[3]　庞德入狱后先是被关在露天牢笼中，睡在钢筋混凝土地上，后移到帐篷里。

[4]　希腊神话里主司生产的女神。

10 年，5 年

"要是他能甩掉奇阿诺就好了，"元帅嘟哝着①

"用来执行命令的人，"

　　　当舰队投降时他说。

"我能办到"（干掉奇阿诺），"用一小撮

　　　杀虫剂。"

　　　基兰蒂②12 岁的女儿说。

卖掉在盖斯③的校舍，

把树林砍了，树叶拿来给牲口当垫草

　　　　　于是肥料短缺……

由于背弃仲尼的律法，

　　　才有人在布鲁尼克④登山员塑像边放个旅行袋

　　　旗帜懒散地飘动

同样的情况也发生在达尔马提亚⑤

　　　缺乏义之利

---

① 奇阿诺是墨索里尼的女婿，在政府中任要职，腐败至极。说此话者是一位意大利海军元帅，句中的"他"指墨索里尼。

② 费利切·基兰蒂 (Felice Chilanti, 1914—1982)：意大利记者、小说家、法西斯分子。

③ 意大利一座村庄，是庞德的情人奥尔加及其女儿玛丽生活的地方。

④ 意大利蒂罗尔地区的一个城镇，其居民多为少数民族，曾在广场的登山员塑像旁放旅行袋，以提醒意大利人该是他们滚蛋的时候了。

⑤ 爱琴海东岸地区，其居民亦有反意情绪。

而国以义为利也[①]

　　该死的意大利鬼，除了个别的，

在行政管理中弄虚作假，比不列颠人好不了多少

炫耀，虚荣，盗用公款，导致 20 年的努力毁于一旦

佩塔诺[②]上空的钟声……比别处的更轻柔

想起艾丽斯和埃德梅[③]

　　直到小狗阿尔莱基诺转圈

　　　雾霭的曙光如毯子笼罩着山丘

　　艾达[④]，　　　女神　　　面对阿波罗

　　　唯独米朗达[⑤]的个性

　　　　　随着她演的角色而变

这个事实似乎被大部分，若非所有，批评家忽略了

"你他妈的若有傻 X 头脑，你就危险了"

———————

① 源出《大学》："此谓国不以利为利，以义为利也。"

② 意大利城市。

③ 一对法国夫妇，丈夫是画家。

④ 山名。

⑤ 第二次世界大战期间意大利著名女演员。

罗马诺·拉莫纳①这样说

冲着一个被他称为疥疮病房里的兔崽子的人

军队用语包括差不多 48 个词

一个动词和分词，一个名词　　　屎

　　　　一个形容词，一个无性别的词组

作为某种代词

从看守的棍子到妖妇或淑女

玛盖丽塔②的声音和翼琴的音符一样清晰

看着她的兔笼子，

　　　　　　　哦有七重悲哀的玛格丽特③

已入睡莲

　　"买卖，买卖，买卖……"拉尼尔④唱道

　　据说她祖母在裙子下藏着

带给杰夫·戴维斯⑤的金子

　　结果把自己淹死了，当她从抵岸的船上滑倒；

---

① 狱中看守。

② 一位和庞德的女儿玛丽一起长大的孤女。

③ 源出英国诗人霍普金斯的诗《春秋：给一位小孩》。

④ 西德尼·拉尼尔 (Sidney Lanier, 1842—1881)：美国诗人、音乐家，有长诗《交响乐》探讨商业与伦理的关系。

⑤ 杰夫·戴维斯 (Jeff Davis, 1808—1889)：美国内战时南方联盟的总统。

阿特柔斯①的宿命

（哦墨丘利②，偷盗之神，你的双蛇杖

现被美国军队采用

以这只包装盒为证）

生就佛的慧眼，梅森－狄克森线③以南

比较：

万物皆空，唯氛围赋予

其存在……按照

伊曼纽尔·斯维登堡④的说法……"别争论"

在第三界别争论

其上，睡莲，洁白的水莲

观音，神话

我们这些已渡过忘河的人⑤

---

① 希腊神话里给自己家庭带来诅咒的人。

② 罗马神话里诸神的使者，工匠、盗贼的保护神。

③ 美国宾夕法尼亚和马里兰州间一条虚构、想象的界线，延伸为后来分美国南部和北部的标志。庞德不信佛教，所谓佛眼是揶揄之词。

④ 伊曼纽尔·斯维登堡 (Emanuel Swedenborg, 1688—1772)：瑞典科学家，后成为宗教作家，认为上帝的语言有三界：自然界、灵魂界、天国界；在天国界人们不应争论。

⑤ 见第七十四章结句。

其实部队里有许多粗俗的

用语，巴曾先生①，无疑，有一个想法，约在公元

1910 年，我却不知道他具体干了些什么

　　因为我不愿偷窃别人的观点

　　　　　　而老安德烈②

以一种以赛亚的狂热宣扬自由体诗，

　　　　　　让我去见老鲁斯洛③

老鲁在塞纳河里打捞声音

　　　　发明了探测器

"一只动物，"他说，"想掩盖

　　自己的脚步声"

　　　　鲁斯洛院长

把德·苏扎④的诗（好耳力）包起来

并让我还给他时也这样做

　　以免管房人知道他有这些东西。

"一位伪装的牧师，"科克托⑤的戏剧这样评价马里坦

---

① 亨利 – 马丁·巴曾 *(Henri-Martin Barzun，1881—？)*：法国诗人、批评家。

② 安德烈·斯皮雷 *(Andre Spire，1868—1966)*：法国诗人，支持犹太复国主义。

③ 让·皮尔·鲁斯洛 *(Jean Pierre Rousselot，1846—1924)*：法国一家修道院院长，
亦为语音学家。

④ 罗伯特·德·苏扎 *(Robert de Souza，1865—1946)*：法国象征派诗人。

⑤ 法国诗人、剧作家，见 026 页注③。马里坦是一位法国神学家。

　　　　　"在我看来像一位伪装的牧师。"在门口
"不知道，先生，他看起来像一位伪装的牧师"

"本以为，"科克托先生说，"我在一群文人中
　　结果发现是一群机械工和车行帮手。"
"只要都德①还活着，他们绝不会选他

　　进龚古尔学院"
　　　　　　罗昂伯爵夫人说，而马丁先生②
我们相信也对他的党派犯了相似的错误
　　　　　　"30000，他们自以为聪明，
其实，见鬼去吧 / 他们只需花 6000 元就够了。"
在兰登之后他们选了温德尔·威尔基③

　　　　　我不是国王，我不屑为王子
佛罗伦萨荣誉公民④，无法得到贵族称号
　　　　　　却至今还扛着武器

---

①　利昂·都德 (Leon Daudet, 1867—1942)：法国龚古尔学院院士，非常保守，曾与
人合办保皇派报《法兰西行动》，宣扬民族沙文主义，发表极右派言论。若他还活着，
科克托不可能会被选进学院。
②　前者为一位法国贵族，后者为一位美国众议员；两者之间可能的联系是伯爵夫人
住在巴黎一条名为亨利 – 马丁的街上。
③　20 世纪三四十年代美国总统竞选中的人物。
④　墨索里尼曾被授予此称号。

他在阿尔比亚河①边抵抗，当傻瓜们要烧毁

佛罗伦萨，"极为轻蔑""顺从听命的人们"

　　　　"国王也签署了这些法令"

　　　　我可以倒下，但绝不跪下

——黑鬼们越过障栏

　　　　如同在斯基法诺亚宫殿②的图案

（德尔·科萨）爬栏杆，10000 根绞架般的柱子支撑着

　　　　铁丝网

"圣路易来的蒂尔③"格林这样叫他。拉丁！

　　"我学过拉丁，"可能是那小伙伴说的

"嘿，龅牙，《神经》里讲的啥？

　　　　《神经》有哪几卷？

说说看！甭想糊弄我！"④

　　　　"流浪汉威廉斯，他们中的女王"

"嘿／克劳福德，到这儿来／"

　　　　　　从萨宾人的领地逃到罗马⑤

---

① 意大利河流。

② 一座建于中世纪的意大利宫殿，藏有意大利画家德尔·科萨 (Francesco del Cossa, 1435—1477) 的作品。

③ 庞德的同狱犯，见 013 页注②。

④ "神经"系"圣经"的谐音。

⑤ 语出古罗马贺拉斯的《讽刺》。

"斯莱戈在天堂，"威廉大叔①咕哝着

　　当雾纱最后覆盖了蒂古利奥海湾②

可乔伊斯先生却从一流宾馆索要菜单样品

基特森③在山顶试着修灯

雾纱罩着忒路斯－海伦的胸脯，顺着阿尔诺河而上

夜来了，随夜而来的是暴风雨

　　　　"未之思也，夫何远之有？"

若巴兹尔④唱《王书》⑤，并写下

　　　　　　菲尔多西在他的门上

卡比尔⑥如是说："政治上，"拉宾德拉那斯⑦说，

　　"他们⑧很不活跃。　他们想，但有

---

① 指爱尔兰诗人威廉·叶芝，斯莱戈是他最喜欢的爱尔兰地区。

② 意大利海湾。

③ 阿瑟·基特森 (Arthur Kitson, 1860—1937)：英国作家，写过几部有关货币制度的书，深受庞德推崇。

④ 巴兹尔·邦廷 (Basil Bunting)：英国诗人，见 016 页注②。

⑤ 一部古波斯史诗，作者为下文菲尔多西 (Firdausi, 约 940—1020)，写于门上的字样为其波斯文名字。

⑥ 印度中世纪诗人。"卡比尔如是说"是转述他的诗时的惯用语。

⑦ 指印度著名诗人泰戈尔 (1861—1941)，曾译过卡比尔的诗作。

⑧ 指印度农民们。

气候问题，他们想，可是天太热或有苍蝇或

一些虫子"

"随着金本位制的恢复，"蒙塔古爵士[1]写道，

"每个农民要用双倍的谷物

支付税和利息"

确实现在的利息在法律上是低的

可是银行贷款给高利贷者

而后者贷更多款给他们的受害者

乌七八糟的报刊、出版社都没注意到这点

卡比尔如是说，实质上

若他们能拿走汉科克[2]的码头，则他们也能拿走你的牛

或我的谷仓

以及科依诺尔[3]与王公的绿宝石等等

汤姆[4]戴着一张锡片，一个圆形的罐盖上

只有他的名字：

---

[1] 英格兰银行总裁。

[2] 约翰·汉科克 (John Hancock, 1737—1793)：美国商人、政治家。

[3] 最著名的印度宝石，1937 年成为英国国王王冠宝石。

[4] 同狱囚犯。

因为旺吉那①已失去了嘴巴，

正义的和平并不一定

会消除未来的战争

以和约签署后对弗拉斯卡蒂②的轰炸

为证

那些靠债务与战争投机为生的人

金融行业

"瓦巴希炮弹的……"③

平坦的弗拉拉④乡野，看起来

和这儿在泰山下一样

人群移动着爬栏杆　　如同德尔·科萨的图案

在斯基法诺亚宫里，公羊与公牛下面

在家船上为十锤重的绿松石讨价还价

半天

---

① 澳洲民间传说中以给物命名而造世界的神，详见 006 页注④。

② 意大利中部城市。

③ 当时一首流行歌曲的片段。

④ 意大利地名。

无法再装进什么时，脑袋就满了

风，狂如卡姗德拉

　　　跟那些人一样正常的卡姗德拉①

妹妹，我的小妹妹，

　　　她在一枚金币上跳舞

成 聚集 **成**
ch'ǐng   *ch'ǐng*

　　　扎格柔斯②

　　　扎格柔斯

---

① 古洛伊女先知，阿波罗授予她真正的先知本领，却同时下令她永远不被相信，于是她成了一位不受人相信的凶事预言者。以下两行是庞德在狱中听到的意大利流行歌曲。

② 希腊神话里酒神狄俄倪索斯的别名。

诗章第七十七章阐释①

中 middle   非 not

先 precede   其 one's own

後 follow   鬼 spirit

何 how (is it)   而 and

远 far   祭 sacrifice

旦 dawn   之 is

口 mouth   谄 flattery

                        也 bigosh

---

① 此页中英对照的阐释是诗人在原作里提供的，它陈列了这首诗章所用的汉字及其英文注解。中文对庞德诗作影响之大，在此略见端倪。

To sacrifice to a spirit not one's own is flattery (sycophancy).

符 halves of   志 direction of one's will

节 a tally stick   成 perfect or focus

第七十八章

在 艾达山魁梧的榆树旁

40 只鹅聚会[1]

（能在硬币上跳舞的小妹）

布置世界和平

在一枚金币上！

卡姗德拉[2]，你的双目如虎，

没有文字写在里面

你也不把我带到何处

到一座不祥的房子，旅途

漫漫无尽头。

棋盘太清楚

---

[1] 可能指庞德在狱中看到一群人辩论的场景，使他想起希腊神话中对帕里斯的评判，由此导致海伦之诱拐和特洛伊战争的爆发。

[2] 女先知，见 *102* 页注①。

方块太均匀……战争的舞台……

　"舞台"是好的。有些人不愿

　　让它结束

而晾衣线旁的那些黑人和德尔·科萨①画的人形

　　　　出奇地相似

他们的绿色身影和风景并非不协调

两个月生活在四种颜色里

　　　三重悲哀：依堤斯②

关上双脸雅努斯③的庙宇

　　　这双脸的兔崽子

　"经济战争已经开始，

　　　拿破仑是一位好家伙，俺们花了

　　　20 年时间才搞倒他

搞倒墨索里尼不用 20 年。"④

　　　帝国化工的兄弟在巴尔博街

这样说。

---

① 意大利画家，见 098 页注②。

② 希腊神话中普洛克涅与忒柔斯的儿子。忒柔斯强奸了普洛克涅之妹，并割掉其舌头以免她说出真相。普洛克涅获知后，杀子依堤斯以食其夫。其妹后变成夜莺，叫唤"依堤斯"的名字。

③ 罗马神话中的门神，司出入口之神，有两副面孔，一副看过去，一副看未来。

④ 这段话是庞德听来的，此为模仿一家垄断公司的老板在意大利说的一些话。此中提到的德国化学家和实业家蒙德·罗特希尔德家族是欧洲著名的银行世家。

公司一败涂地，远及阿维尼翁①…

……我的红皮笔记本②

银行家的和平

靠他自己在那不勒斯的游说，洛伦佐③

他也曾留下歌词

人们至今还唱

"去被遗弃的土地"

梅塔斯塔齐奥④追随他；

在维罗纳计划⑤里的"对"，而不是"的"

文体老手仍不减其锋芒

水从湖的那边流走

在西米奥⑥静得出奇

拱门下

客舍，加尔多内，萨罗⑦

梦想共和国。圣塞波尔罗⑧

---

① 法国东南部城市，交易中心。

② 指银行家的私用账本。

③ 洛伦佐·德·美第奇 (Lorenzo de Medici, 1449—1492)：意大利佛罗伦萨银行家、诗人、艺术保护人，曾作为特使去劝说那不勒斯国王，以争得和平。

④ 皮埃特罗·梅塔斯塔齐奥 (Pietro Metastasio, 1698—1782)：意大利诗人、戏剧家。

⑤ 墨索里尼起草的一篇宣言，庞德赞赏其用词精确，即对这句"对资产的拥有权，而不是资产的权利"而言 (The rights to property not the rights of property)。

⑥ 在加尔达湖区。

⑦ 墨索里尼第一次垮台后重建政府的地方。

⑧ 米兰市的著名广场，墨索里尼在此发迹。

四位金属主教

被火舌舔着，在废墟中，信念——

　　　　圣骨盒在祭坛上隐约可见。

"若我们栽在那上头了，得有人承担责任"

戈德尔^①的油头夹在中间，

　　　　越过法拉萨比纳后，在纳克索斯岛遇到的

　那个人^②

"你若在这儿过夜"

"确实我们这么多人只有一个房间"

"钱不算啥"

"不，那面包不要钱"

　　　　"那汤也不要钱"

"除了女人，这儿什么都没了。"

　　　　"已经拽了它这么久，就留着吧"（背包）

　　　　不，他们不会把你怎样。

"谁说他是美国人？"

　　　　折叠床上一个静止的身影，在波洛尼亚

"上帝保佑我们，""老爷！""爹来了！"^③

---

① 一位参与意大利战时广播的人。

② 前者是意大利地名，在罗马北边，后者是希腊一岛屿。以下十几行是庞德在意大利乡间旅行时听到的闲语。

③ 前两行的三句对话是德国南部口音的德语。第一、二句是庞德到达盖斯时同人打招呼时的对话，第三句是庞德的女儿讲的。

长幡子慢悠悠地升起

　　从萨宾人的土地逃到罗马

造一名城

　　拉丁人取其名

把众神带进拉丁国土[①]

　　　　收起那些小古董玩意儿吧

"在他把众神带进拉丁国土之前"

　　　"各以其名"

口吐真言的人们，手持缰绳

戈迪尔[②]的话并未被抹杀

　　　　老休姆或温德姆[③]的话也没有，

《娅波达妹妹》。

他脖子后有一丝虐待狂的痕迹

给公正上色，"斯蒂尔是一个糟糕的名字"。

　　乐哈哈又爱思考的黑鬼说

布拉德和斯劳特[④]也证实他的说法

　　　在下水道口伶牙俐齿

---

① 这几行语出维吉尔《埃涅伊德》。下行"小古董"是庞德对劣等文学的贬斥。
② 雕塑家，见 089 页注⑥。
③ 托马斯·休姆 (Thomas E. Hulme, 1883—1917)：英国诗人，下行为他的一首诗的题目。温德姆·刘易斯 (Wyndham Lewis, 1882—1957)：英国作家、画家，为庞德至交。
④ 斯蒂尔 (Steele) 与"钢铁" (steel) 同音，是拘留营指挥官约翰·斯蒂尔中校的姓氏，故称其名糟糕。下两行的布拉德 (Blood) 和"血" (blood) 同字同音，斯劳特 (Slaughter) 和"屠杀" (slaughter) 同字同音。

楞直得像浸刑椅①的木棍，"有骨气"

去那些你买得到它的州去

甭在这儿试

留胡子的猫头鹰发嘘起哄

帕拉斯②　公正　给我力量

"定义不能被关在盒盖下"③

但如果胶片被抹了，哪儿还有记录？

"此间没有一个负责的人

有名，有姓，有来处"

"不是权利而是职责。"

那些话仍百试不怠，

"到！"④

让垄断者去吃狗屎

一群狗娘养的

禁止奴隶买卖，让沙漠出绿洲

威胁放债的猪

日神印章，两道日神印章⑤

"不是牧师，而是受害者。"

---

① 古代惩罚泼妇的刑具。
② 希腊女神雅典娜。
③ 此处"盒盖"指照相机的盖子。
④ 原文意大利语 Presente，为法西斯分子聚会时用语。
⑤ 以下几行见 028 页注④。

艾伦·厄普华说

知道其中有诈，当他（佩莱里尼）[1]

　　说：钱是有的。

知识随着查士丁尼一世[2]，随着提图斯和安东尼[3]的过去

　　而丢失

　　　（"海上有法"，指罗得岛的海商法）[4]

国家能从个人的不幸中获益

不！抑或跟罗斯托夫采夫[5]（是罗斯托夫采夫吗？）

　　讲那个财产的故事

没有比固定税率更糟的

　　　　几年平均

《孟子·滕文公上》

　　　第三段第七节[6]

欢迎，哦蟋蟀我的蟋蟀，可你不要

　　　　　　　跟着拍子唱歌。

看守的帽子 15 世纪

---

① 见 039 页注②。

② 古拜占庭皇帝，见 084 页注⑤。

③ 两位治国有方的古罗马皇帝。

④ 安东尼皇帝坚持在海洋上采用罗得岛的海商法，而非罗马法。

⑤ 迈克尔·伊万诺维奇·罗斯托夫采夫 *(Michael Ivanovich Rostovtzeff, 1870—1952)*：生于俄国的美国历史学家、考古学家，著有《罗马帝国社会经济史》和《古代世界史》等。

⑥ 其原文为："焉有仁人在位，罔民而可为也？是故贤君必恭俭礼下，取于民有制。"

在村里人们常说①

头盔毫无用处

绝对的

唯一用途是

给那些一无所有的人壮胆

于是萨尔茨堡②重新开张了

沃尔夫冈③这只蟋蟀在唱歌

钢琴（轻柔地），大提琴

一个人可能混得还不如在加尔达湖上开酒吧

所以才想起

泰拉代和"威利"（戈蒂埃尔－维拉）④

想起莫凯尔和瓦洛尼⑤……江湖郎中

在粉红水晶的头盔里

聂夫斯基的糕饼店⑥

和西尔达，阿尔芒农维尔或克什米尔家船

---

① 以下五行原文为法语，模拟乡间闲语。

② 奥地利城市，以其每年的莫扎特节著称。

③ 沃尔夫冈：是莫扎特的名字。

④ 洛朗特·泰拉代 *(Laurent Tailhade, 1854—1919)*：法国诗人。亨利·戈蒂厄尔－
维拉 *(Henri Gauthier-Villars, 1859—1931)*：法国小说家。他的朋友们称他威利。见
59 页注③。

⑤ 艾伯特·莫凯尔 *(Albert Mockel, 1866—1945)*：比利时－法国诗人和批评家，创
办象征派杂志《瓦洛尼》。

⑥ 在俄国彼得堡，下行几项为法国餐馆。

江湖郎中在粉红水晶的头盔里

把莫扎特先生的屋子①搞得乱七八糟

   可是没碰新音乐厅的门

于是他瞧着圣泽诺②刻着签名的台柱说:

"我们成批地进石柱

    这样还能搞什么鬼建筑?"

红大理石外面包着石环,四根柱子,

法里纳塔③,跪在庭院里

    造得像乌巴尔多④,那是赛跑

坎·兰德龇牙咧嘴像汤米·科克伦⑤

   诗云:"使空气随光震颤"⑥

   (曾经)保存在维罗纳

于是我们坐在斗兽场边,

    外面,西伊和那位颓废者⑦

花边袖口长过指节

---

① 指萨尔茨堡的莫扎特纪念馆。

② 意大利维罗纳市的一座罗马式教堂。

③ 意大利中世纪一位宗派领袖,此处可能指教堂庭院中他的塑像。

④ 一位当代意大利海军元帅。

⑤ 前者为一位意大利中世纪贵族,此处指他的塑像。后者可能是庞德认识的一个人,
出处不明。

⑥ 卡瓦尔康蒂第七首十四行诗中的诗句,见 043 页注⑤。

⑦ 前者为一位同游维罗纳的女士,名叫布赖德·斯克拉顿 *(Bride Scratton)*,庞德用
古埃及女王西伊这名字称呼她。后者指诗人艾略特,有诗提到下文的罗谢富科尔德(法
国政治家、慈善家)。

考虑罗谢富科尔德

但那个项目（但丁咖啡屋①）一个文学项目，1920 年左右

　　　　　　既未出版也没有做下去

多年以前，格里菲思②说："没法用经济学

这种冰冷的东西打动他们　　我发誓不

来这儿（伦敦）参与议会"

　　　　　这片树丛需要一个圣坛

如同在舞雩台下

询问如何辨伪（惑）

　　　　"选皋陶，坏人就消失了。"

　　　　"选伊尹，坏人就跑走了。"③

　　　　两个钟头的生命，走时他们知道

在参议会上将有一场恶斗

　　　　洛奇和诺克斯④反对国际参与

整个议会中只有两人支持他反对禁酒

着手废除那条该死的修正案

　　　第 18 条⑤

————————

① 在维罗纳市。

② 爱尔兰的以争取独立为目标的新芬党领袖。

③ 源出《论语·颜渊第十二》："樊迟从游于舞雩之下，曰：'敢问崇德、修慝、辨惑。'……子夏曰：'富哉言乎！舜有天下，选于众，举皋陶，不仁者远矣。汤有天下，选于众，举伊尹，不仁者远矣。'"雩是古代求雨的祭礼。

④ 两位美国参议员，反对美国加入国际联盟。

⑤ 美国宪法第 18 条修正案禁止制造和出售烈性酒。

廷克海姆先生[1]

日内瓦，高利贷者的粪堆

　　青蛙[2]，英国鬼，和几个荷兰皮条客

作盘上装饰以准备敲诈

　　　与常见的肮脏勾当

详见奥东[3]的精致小册子，

　　　就是说，若想知道一些更显易的细节，

恶根在于高利贷和转换货币[4]

丘吉尔靠他的骗术宣扬重返弥达斯[5]。

　　　"已没必要，"老式的税收已没

必要，只要它（钱）在一个制度里是

　　　以完成的工作为基础，以人的需求为准绳

在一个国家或制度里

按照使用和磨损的程度

　　　　定量消除

如在维戈尔[6]。说／他得／考虑一下

却被倒挂着吊死了，在他对此建议的想法

---

① 乔治·廷克海姆（*George Tinkham*）：美国众议员，见 *020* 页注②。

② 法国人的绰号。

③ 奥东·波尔 *(Odon Por, 1883—？)*：意大利作家，研究社会和经济问题。

④ 原文希腊语，详见第 *035* 页注①。

⑤ 希腊神话中因贪财而求神赐予点金术的国王，此处指丘吉尔于 *1925* 年恢复金本位制。

⑥ 奥地利小镇，发行自制钞票，详见第 *035* 页注②。

有效地付诸实施以前①

"对于一头猪，"杰普森②说，"对于一位女人。"对于

　　　　　　　　放高利贷的丑行，

《盗马》③，战争的起因，　　"手套"

威尔逊先生唱道，托马斯不是伍德罗，哈丽特④精神抖擞

　　的继承人

（不脱靴子是双倍的荣耀，

　　　　　　那是威灵顿）

若偷盗大体上是政府的

　　　　　　主要动机

则肯定会有小偷小摸

只要社会主义分子以他们花里胡哨的东西作掩护

把人们的注意力从创造金钱上引开

许多男人的举止风度　　他看见　　城市　　足智多谋⑤

这个机智的人，奥蒂斯⑥，　　　故而瑙西卡⑦

---

① 指墨索里尼。庞德曾企图说服墨索里尼采纳他的经济方针，墨说他得考虑一下。

② 埃德加·杰普森 (Edgar Jepson, 1863—1938)：英国小说家。

③ 流行于埃及和北非的中世纪的浪漫故事。故事讲埃米尔·阿布·泽伊德在阿盖伊利·贾贝尔王的女儿阿利阿公主的帮助下偷了国王的宝马（泽伊德曾救过公主的性命）。这行动可能触发战争，可是结果没有发生战争。

④ 哈丽特·威尔逊 (Harriette Wilson, 1789—1846)，有《回忆录》记载她与英国将军威灵顿讨论有关一位男子穿着靴子做爱的行为。

⑤ 《奥德赛》里常用来描述奥德修斯的词。

⑥ 詹姆斯·奥蒂斯 (James Otis, 1725—1783)：美国律师、爱国主义者，支持美国独立运动。

⑦ 《奥德赛》中一位国王的女儿，一天，当她洗完衣服后在海滩上玩球时，奥德修斯走近她。

收起洗过的衣服或至少去看看

女仆们是否偷懒

　　　　或坐在窗边

在巴涅罗马尼阿①　　　知道什么都不会发生

嘲讽地看着旅行者

　　　　卡姗德拉，你的双目如虎

没有光能穿透它们

　　　　吃莲，若并不真是莲，则是常春花

在山间一座荒村当贵妇

　　　　坐在围着铁栏杆的阳台上

　　　身后站着一个仆人

　　　　像在洛佩·德·维加②的戏剧里

有人走过，并非独行

　　　　　无忌妒则无爱

无隐私则无爱

　　　　多娜·胡阿纳③的眼睛，那位狂妇，

库妮扎④的影子在角落里，那前兆

---

① 意大利地区名。

② 费利克斯·洛佩·德·维加 *(Felix Lope de Vega, 1562—1635)*：西班牙最多产的剧作家。下文"无隐私则无爱"是他的一个剧本题目。

③ 多娜·胡阿纳 *(Dona Juana, 1479—1555)*：斐迪南与伊莎贝拉之女，查理五世之母，因丈夫菲利普之死而疯。她的妒忌造成丈夫之死。

④ 古代烈女，见 *029* 页注②。

在空中

意味着不会有什么事发生

　　能让军士们看见

三位女人在我脑中萦绕

但至于紧接着的交谈，

那位坐在奥莉维亚①梯子上的罗马人的无聊

　　　　　在她的想象中

那石头的角度，他的所有风景

　　　　在栏杆，一个对踵点

至于立于此间的稳健的白牛

　　　或许只有威廉斯大夫（比尔·卡洛斯）②

　　　　懂得其重要性和

　　　祝福。他会放进推车里。

篷顶的阴影爬行在角桩上

标示时辰。月亮分裂了，卢卡③以内没有云。

在这春秋

　　春秋时代

　　　　没有

　　　　正义

---

① 所指不明。

② 美国著名现代诗人威廉·卡洛斯·威廉斯。他强调只有在客观、具体事物中才有观念。

③ 意大利中部城市。

的

战争[1]

---

① 根据孟子看法，春秋时代没有正义战争。见《孟子·尽心下》："孟子曰：'春秋无义战，彼善于此，则有之矣。征者，上伐下也。敌国不相征也。'"

第七十九章

月，云，　塔，　洗礼堂的一角

一片雪白，

污泥堆积成德尔·科萨的图案[①]

"别以为倘若其最轻微的爱抚

从我心中消失

你就获益了

我无法好好爱你

假如我不爱女辈"[②]

于是萨尔茨堡[③]重新开张了

在我心中点起一团火，那些年

---

① 见 098 页注②。

② 庞德在此模拟英国诗人理查德·洛夫莱斯（Richard Lovelace，1618—1657）的名句："*I could not love thee，dear，so much，/ Loved I not honour more.*"（我无法如此深爱你，亲爱的，/ 假如我不更爱荣誉。）

③ 每年举办莫扎特节的奥地利城市。

诗　苑　译　林

阿玛里——丽① 阿——玛——里——丽！

而失去他后　　她②的头发变白

　　　　虽然还不到 30 岁。

在她新婚之日，然后那一切，直到下次，

　　　　在剧院

　　　　……可能是两年以后。

或阿斯塔菲亚瓦③在维格莫尔④的街门内

　　　　不可能会认识她

　　（肯定会放进推车里）

眼前 G. 斯科特先生⑤吹着莉莉·玛莲曲

　　其乐感绝对

　　　　比我曾见过的任一位

　　　　　　黑人都差

却有其温和与幽默

　　　　（纪念戈德尔⑥）

那颗曾救我于混沌的油头

听说 G. P.⑦最后幸存挣扎出来了。

---

① 一首 17 世纪意大利歌曲。

② 可能指莫扎特的妻子。莫扎特死时不到 36 岁，而她不到 30 岁。

③ 塞拉菲玛·阿斯塔菲亚瓦 *(Serafima Astafieva, 1876—1934)*：·俄国舞蹈家、教师。

④ 伦敦一家画廊。

⑤ 此人与下文"怀特塞德"与"阿林厄姆"均为同狱囚犯。

⑥ 见 108 页注①。

⑦ 一个意大利法西斯分子。此行直译为"听说 *G. P.* 像大马哈鱼一样游过去了"。大马哈鱼溯水而行，此处借喻当墨索里尼垮台后，其跟从者挣扎存活。

在哪里？谁能从下面冒出来？

不谋杀贝当[1]　　14 票对 13 票

　　　　　经过六个小时的讨论

无疑，无疑有关斯科特

　　　　　　我喜欢我的风景中有若干影子

至于 /　"和谁也甭提是俺给你做的桌子"

或怀特赛德：

　　　　　"俺绝对不爱狗，

　　　　　俺帮你洗澡"

（不，不是对作者，而是对那头不情愿的狗）

　　　　　　八只鸟在一根电线上[2]

或在三根电线上，阿林厄姆先生

新型贝克斯坦[3]是电动的

云雀的嘎嘎叫声已经过季

而看到一位好黑鬼令人高兴

　　杂种不会正视你

看守戴着十五世纪的帽子在马背上走过

　　在马背上穿过科西莫·图拉[4]的风景

　　　　或，有人认为，是德尔·科萨的；

---

① 一个法国元帅，以外通敌国罪被判终身囚禁。

② 鸟站在电线上使庞德想起乐谱，此种比喻在《诗章》里多次出现，下同。

③ 钢琴牌名。

④ 科西莫·图拉 (Cosimo Tura, 1430?—1495)：意大利壁画家。

往上游去灭虱子，或往下游为同样的目的

向着大海

不同的虱子生活在不同的水中

有些人以对位法为乐

　　　以对位法为乐

后期贝多芬在新型贝克斯坦上，

或在圣马可广场^①，比如，

能找到一定规模的和谐

　　　　　而不是在音乐厅；

那是不是天主教少校在腰鼓声中煎熬？

哪座罗马要塞，哪支

　　　　"进驻冬令营的军队"

在我们掌握之下？

当马驹冲着大喇叭打响鼻

　　　　抗争某种价值

（杰内昆，比如说，还有奥拉齐奥·韦基或布龙齐诺^②

希腊无赖对羽衣^③

　　　熊坂^④对庸俗

---

① 在威尼斯。

② 杰内昆为法国 16 世纪作曲家，见上文注释。奥拉齐奥为意大利 16 世纪作曲家，
布龙齐诺为意大利 16 世纪画家。

③ 一出日本能戏的题目。见 013 页注⑦。

④ 能戏中人物。

刚走出特洛伊地带

这些该死的混蛋就攻打基孔尼安人的伊斯马鲁斯岛①

　　　　四只鸟在三根电线上，一只鸟在一根上

凹雕的印记

　　　　部分取决于底下承压的东西

模子必须盛得下注入之物

　　　　　　在

　　　　　话语中

　　　　　　　重要的是

达意②，除此无他

　　　　　现有五只在两根上；

　　　　在三根上；七只在四根上

　　　　　　　而他叫啥名字③

　　　　改变歌本的写法

　　　　五只在三根上　最浓郁、新鲜的玫瑰

而他们已离开阿西西④上面的教堂

　　　　可是龚古尔⑤给法国革命

---

① 此事发生在《奥德赛》里，为"希腊无赖"一例。

② 源出《论语·灵公第十五》："辞达而已矣。"

③ 指圭多·德·阿雷佐 (Guido d' Arezzo, 1000—1050)，五线谱的发明者。

④ 意大利小城。

⑤ 一家法国学院。

带来启示

　　　"把桔普听在那里"①

熏肉皮旗帜，又名华盛顿的胳膊

　　　在乌戈利诺前飘扬②

在圣斯泰法诺骑士③

　　　　愿上帝保佑宪法

拯救它

　　　"由此而生的价值"

　　　那是问题的关键

该死的变态者

　　　如果艾德礼想当另一个拉姆齐④

"不要王公，要黄金"

　　　　"在短于一个地质代的时间里"

在萨拉米斯打胜仗的舰队

　　　维尔克斯⑤规定了每块面包的价格

道德倾向

　　雅典娜本可以多施性感魅力

---

①　模拟日本人的蹩足英语："把吉普停在那里。"见 038 页注①。
②　此两行描写军旗在乌戈利诺宫前飘扬。"乌戈利诺"见 025 页注⑩。
③　比萨的一座教堂。
④　克莱门特·理查德·艾德礼 (Clement Richard Attlee, 1883—1967)：继丘吉尔之后的英国首相；詹姆斯·拉姆齐·麦克唐纳 (James Ramsay MacDonald, 1866—1937)：曾几度任英国首相，政绩不显，为庞德所贬。
⑤　伦敦市长。下行为希腊文，意为道德倾向或文化力量，或两者兼具。

灰色的眼睛

"对不起，小猫头鹰。"

（"由它去吧，我不是笨蛋。"）

然后呢？

"价格是三座祭坛，作为惩罚。"

"把桔普听在那里。"

两只在两根上

那兔崽子叫啥名字来着？圭多·德·阿雷佐[①]

记谱

三只在三根上

婉转的　　　　　　　黄鸟

止于　　　　瓶中三个月

（作者）

在忒路斯的两只乳房边

老天爷保佑，一辆机关用车 /

他似乎对地狱嗤之以鼻

卡帕纽斯[②]

有六只在三根上，雀尾

好像来自海伦的双乳，一杯白金

---

① 见上文注释。下三行的"黄鸟止"引自《诗经·秦风》中的"黄鸟"："交交黄鸟，止于棘""……止于桑""……止于楚"等三句反复吟诵的诗句上。"止"即"落在"或"栖息在"之意。

② 希腊神话里一位向神挑战的人，但丁在《神曲》中把他放在地狱里。

两杯供给三座祭坛。忒路斯土地富饶

　"各以其神之名"

　　薄荷，麝香草，松脂蜡膏，

马驹冲着军乐队的鼓声打响鼻；

纪念"小发明"，纪念（两方的）生产

与屠杀

　"真见鬼！怎么哨子响了他们还不能停？"

　　若宫廷非学问之中心……

简而言之，鬼族①的鼻涕……

　　　　　金银镶缀

肥胖、挑剔的老女人

　　和肥胖、直喘粗气的老种马

　　"半截已入土"

我亲爱的 W.B. 叶芝②，你的二分之一太轻微了

"实用主义的猪"（若是异教徒）能包揽三分之二

更不用提右安密金矿的投资

和相似的企业

　　小型武器和化学制品

而基思先生距多纳泰洛③的境界最近

_____

① 原文 *pejorocracy*，为诗人生造之词，以戏弄 *aristocracy*（贵族），故译为"鬼族"。

② 指爱尔兰诗人叶芝，上行"半截已入土"是叶芝的诗句。

③ 前者为一位现代美国画家，后者为一位 15 世纪意大利雕塑家。

哦山猫，我的爱，我可爱的山猫，

看好我的酒壶，

守住我山上的酒窖

直到神仙浸入我的威士忌。

玛涅陀①，山猫之神，记住我们的玉米。

卡达斯②，骆驼之神

在这儿捣什么鬼？

对不起……

"打点行装。"

"我……"

"打点行装。"

或用腓尼基语数羊，

未思之也，夫何远之有③？

于是他们对莉迪娅④说：不，你的保镖不是

镇上的刽子手

刽子手此刻不在这儿

那骑在你车夫边的家伙

---

① 玛涅陀 (Manitou)：北美阿尔冈昆印第安人崇拜的大神，具有超自然的力量。

② 波斯史诗《王书》中领头驴子的名字。

③ 源出《论语·子罕第九》，见 082 页注②。

④ 莉迪娅·雅瓦斯卡 (Lydia Yavorska, 1874—1921)：一位生于俄国的伦敦女演员，
嫁给了巴里亚丁斯基王子。

只是一个执行处决的哥萨克人……

既然如此，她抓住亲爱的 H.J. [①]

（詹姆斯先生，亨利）真的抓着他的扣眼……

在那如此神圣的氛围里

（在一座庙宇的庭院里，至少）

她说了唯一正确的话

那就是："亲爱的大师"

对着他的格子马甲，巴里亚丁斯基公主，

如同鱼尾[②]对奥德修斯所说，在特洛伊，

月亮的脸颊肿了

当旭日把西边的一层层架子和一排排大军

照亮，云与云相叠

老伊兹[③]折起睡毯

我从未错待过晨星和夜星

哦山猫，唤醒西勒诺斯与卡塞[④]

摇起巴莎丽德[⑤]的响板，

---

① 亨利·詹姆斯 (Henry James, 1843—1916)：美国著名小说家，后移居英国。

② 指海妖塞壬们。

③ 诗人自称。

④ 前者为希腊神话里淫逸放纵、半人半兽的森林之神，后者为狱中军官。

⑤ 巴尔干半岛上一群色雷斯疯狂女人。

山林霞光透亮

　　　　树梳红边

谁沉睡在山猫之地

　　　　玛利德①之果园？

（一双硕大的蓝大理石眼睛

　　　　"因为他喜欢，"那哥萨克人）

伤病员集合，有萨拉扎尔，斯科特，道利

　　　　波尔克，泰勒，一半总统，还有加尔豪恩②

"报复北方的资本家，"加尔豪恩说

啊对，想得更清楚时

　　　　欠纽约市民的债

　　　　在玛利德的山上

在维纳斯紧闭的庭院里

　　　　　沉睡于麇集的山猫之中

献花环给普里阿波斯③，向伊阿科斯致敬！向库忒瑞致敬！

　　　　　　以公平为本

致敬！

　　　而你一年能赚 5000 美元

---

① 一群树精的名字。

② 波尔克、泰勒、加尔豪恩均为同狱囚犯，前两者与史上的美国总统同姓，后者跟美国内战时南方著名政客约翰·加尔豪恩同姓。下行是政客加尔豪恩所言。

③ 希腊神话中的果园、田野之神，羊群的保卫者，并且是肉欲和淫乐之神。后面的伊阿科斯即希腊神话中的狄俄倪索斯，库忒瑞即阿芙罗狄蒂。

你只要到北边乡下走一趟

然后回到上海

　　　　　交一份有关

入教者数目的年终报告①

　　　　　斯威特兰打病号

　　　　请饶恕　　　主啊请饶恕

　　　　各在其无花果树下

　　　　或伴着无花果叶燃烧的气息

故而冬日应有火

来自无花果木、雪松和松瘤

　　　　　哦山猫，请看好我的火。

因此阿斯塔菲亚瓦②保留了传统

从拜占庭以至更久远的传统

　　　　　玛涅陀，记住这火

哦山猫，别让葡蚜爬上我的葡萄藤

伊阿科斯，伊阿科斯，欢乐，致敬！

　　　　　"不在下界吃它"③

---

① 此为模拟一位在中国的传教士的话。

② 见 121 页注③。

③ 希腊神话中科瑞吃了冥王给她的石榴籽，主神宙斯罚她每年四个月呆在地狱里。

　　　　让太阳或月亮保佑你的吞食

女儿，女儿，一个错误播下的六颗种子

或让群星保佑你的吞食

　　　　哦山猫，看好这果园，

　　　　　让它远离德墨忒耳①的垄沟

此果中有火，

　　　　　波摩娜②，波摩娜，

没有玻璃比这团火球更清澈

什么海比这含火的石榴果

　　更清澈？

　　　　波摩娜，波摩娜，

　　山猫，看好这果园

　　其名为石榴果

或石榴地

　　海之蔚蓝并不比它更清澈

　　带来光明的赫利阿德斯姐妹们③

----

① 主司生产的女神。下面诗行中火与水果多次联系在一起，这是诗人在暗示浓缩在
种子里的性交与生殖能力。

② 罗马的果树女神。

③ 日神的女儿们。

也无法媲美

山猫们在此　　山猫们在此

林中是否有声音

　　　　　豹的咆哮，巴莎丽德的狂呼

响尾的咔哒①　　还是树叶的窸窣？

　　　　　　　　库忒瑞，山猫们在此

矮小的橡树会开花吗？

　　这矮丛中有一根蔷薇藤

红色？白色？不，是介于两者之间的色彩

　　当石榴开花，阳光把它

照个半明

　　　山猫，小心那些藤刺

　　　哦山猫，闪着亮眼②从橄榄地里上来，

　　　库忒瑞，这里有山猫与响尾的咔哒声

枯叶中扬起尘土

　　你愿用蔷薇换橡子吗？

　　山猫愿吃带刺的叶子吗？

---

① 指巴莎丽德（疯狂女人）跳舞时用的乐器，是用响尾蛇的响尾做的。
② 指库忒瑞。

你那酒坛里有啥？

是灵液，给山猫的？

玛利德与巴莎丽德们混在山猫之中；

有多少？橡树下还有更多，

我们在这儿等待日出

和下一次日出

三夜在山猫之中。橡树林里的

三夜

藤条有粗壮的枝干

每根都开满花朵，

每只山猫都有一条花绳

每个玛利德都有一只酒坛

此林名叫石榴园

哦山猫，看好我的果酒

让它清纯不浊

我们长卧在卡莉草与剑花中

赫利阿德斯姐妹们被缠在蔷薇藤里

松树与蔷薇叶的气息交合

哦山猫，多多产子

带着斑毛和尖耳。

哦山猫，你们的眼珠变黄了吗

带着斑毛和尖耳？

那是巴莎丽德们的舞蹈

那是肯陶洛斯人①

而今普里阿波斯和浮努斯②一起

美惠女神③带来阿芙罗狄蒂

十只豹子拉着她的坐车

哦山猫，看好我的葡萄园

当葡萄在藤叶下膨胀

赫利俄斯④来到我们山头

松针毯上有一道红光

哦山猫，看好我的葡萄园

当葡萄在藤叶下膨胀

此女神生于海浪之沫

---

① 指希腊神话中半人半马的怪物，森林中的精灵。

② 牧神。

③ 指司美丽、温雅、欢乐的三女神。

④ 日神，此处指落日。

她轻于夜星下的风

你真可畏，

不可抵御　　库忒瑞

女儿，迪莉娅，和迈亚[①]

三位一体犹如序曲

塞浦路斯[②]的阿芙罗狄蒂

一片轻于海浪之沫的花瓣

库忒瑞

此丛

要有

圣坛

哦美洲狮，赫耳墨斯的神兽，辛比加[③]，赫利俄斯的奴仆。

---

① 三者分别指阴间女后珀耳塞福涅、贞洁女神、盗神赫耳墨斯之母。

② 塞浦路斯为崇拜阿芙罗狄蒂的圣地。

③ 句首美洲狮的名字。

第八十章

"**没**犯啥联邦法,

就干了点儿小坏事而已"

A.利特尔先生,或可能是纳尔逊或华盛顿先生[1]

这样反省我们蒸蒸日上的古怪律法

吾爱故吾在, 仅按此比率

玛戈特[2]的死将被看成是一个时代的结束

亲爱的瓦尔特[3]坐在《芬兰之歌》的战利品中

大雪纷飞

煤气却被掐掉了。

---

[1]　均为同狱囚犯。

[2]　英国首相赫伯特·阿斯奎斯 (1852—1928) 的夫人。

[3]　瓦尔特·莫斯·鲁梅尔 (*Walter Morse Rummel*, 1887—1953):德国钢琴家,曾为庞德室友。

德彪西①喜欢他的演奏

　　　　那同样堪称一个时代（瓦尔特·鲁梅尔先生）

一个新月面包的时代

　　接着是一个牛奶卷的时代

桉树籽丢了②，

　　　　　　"孩子，吃面包！"

那也是一个时代，西班牙面包

　　　　在那个时代是用谷物做的

　　　　吾老矣

　　　　　　然吾爱

马德里，塞维利亚，科尔多瓦③，

　　那个时代的面包同样含谷物

　　　吾老矣然吾爱

热韦④肯定在奶酪中放牛奶

（延误带来的极度疲乏）

女侍从们⑤在一个房间里单独挂着

骑马的菲利普和不骑马的，还有侏儒们

<hr>

① 克劳德·德彪西 *(Claude Debussy，1862—1918)*：法国作曲家，印象派音乐奠基人
之一。
② 指诗人被捕路上捡的桉树籽。
③ 均为西班牙城市。
④ 一家法国奶制品公司的商标。
⑤ 从此至下文"织毯女"，均为一些油画作品，收藏在诗人曾参观过的西班牙普拉
多美术馆。

奥地利的唐璜

布雷达，贞女，饮者

　　　　　而今它们都在普拉多美术馆吗？

还有织毯女？

他们在"美洲"市场①卖这些古老的铜框静物画吗？

　　　那里有来自沼泽地的热风

　　　　　或来自山间死亡般的阴冷

西蒙斯②想起魏尔兰③在塔巴林

　　　　　　或厄尼格④想起福楼拜

只有死，屠格涅夫（忒瑞西阿斯⑤）说

　　　　　是不可弥补的

聪颖的珀耳塞福涅赐理智给盲者

　　　　仍保持整个头脑

却失去对合作可能性的信心

筑高象牙墙

或立着，如珊瑚升起，

舟鲫靠近

　　　　　（他们会枪毙 X–Y 吗）

或鲸鱼之口　　　由于缺乏北方联盟

---

① 马德里一个小工艺品市场。
② 阿瑟·西蒙斯 *(Arthur S. Symons, 1865—1945)*：英国诗人、批评家。
③ 保尔·魏尔兰 *(Paul Verlaime, 1844—1896)*：法国著名象征派诗人。
④ 莱翁·厄尼格 *(Leon H. Hennique, 1851—1935)*：法国剧作家、小说家。
⑤ 希腊神话中因看智慧女神洗澡而致失明的、懂鸟语的卜卦者。

由于强求一个斯堪的纳维亚北欧联合

　　　　坚定不移

　　　　　　　这从天上来

　　　　经

　　　　纬

天空潮湿如海洋

随蓝灰色液体漂流

贝当①捍卫凡尔登，而布勒姆②

　　　　　捍卫一只脚盆

红白条子

　　　　横跨蓝灰

　　甚于横跨任一距离

蓝空随云流而化

辞达而已矣，此为

　　　话语之法③

　　致远而止

她那洁静中的质朴，而喀耳刻④的发丝

或许不是那么质朴

─────────

① 法国元帅。凡尔登是法国东北部要塞城市，一次大战中贝当曾在此抵御德军。

② 莱翁·布勒姆 *(Leon Blum，1872—1950)*：法国总理，曾整顿法兰西银行。下行"脚盆"喻指"银行"。

③ 语出《论语·灵公第十五》，见 *124* 页注②。

④《奥德赛》中把人变成猪的女妖，见 *027* 页注②。

就像老理雅各①的书扉页与

一些华而不实的书本之间的差别

　　　　不知慈禧的书法是什么模样

人说她可以引鸟下树，

　　　那的确不凡；可把宫殿弄得

乱糟糟

　　　　　　人云：黑暗之林

　　　　　　　　　经纬

　　　　　　　　　　　乃属天

"天厌之！"孔子曰②。

南方人南希③的这次艳遇

　　　至于我们的朋友哈特曼先生④的

　　　　　奇想，

萨达基奇，再有几个他这样的人，

若可能，曼哈顿的生活

　　　就会更丰富

---

①　詹姆斯·理雅各 *(James Legge，1815—1897)*：苏格兰传教士、汉学家，因译儒家经典而著名，庞德对儒家的了解大多得益于他。

②《论语·雍也第六》："子见南子，子路不说。夫子矢之，曰：'予所否者，天厌之！天厌之！'"

③　南希·丘纳德 *(Nancy Cunard，1896—1965)*：美国诗人。注意此处从"南子"到"南方人南希"由"南"字产生的联想。

④　萨达基奇·哈特曼 *(Sadakichi Hartmann，1867—1944)*：美国诗人、艺术评论家，庞德对他的评价颇高。

或其他任一小镇或都市

他早期的作品或已丢失

随着那些昙花一现的期刊

　　和我们对霍维，

　　　　　斯蒂克尼，洛林[1]的遗忘，

那丢失的军团，或如同桑塔雅那[2]说过：

他们就死了　　他们死是因为他们

　　无法忍受

卡曼[3]看起来像"一颗萎缩的浆果"

　　20年后

惠特曼喜欢牡蛎[4]

至少我想是牡蛎

　　云层叠成一座假维苏威

　　　　　泰山此侧

内尼[5]，内尼，谁能继位？

"此白中，"曾子说，

　　"尚能添加何白？"

---

① 　三者均为美国诗人。

② 　乔治·桑塔雅那 (George Santayana, 1863—1952)：美国哲学家、诗人。

③ 　布利斯·卡曼 (Bliss Carman, 1861—1929)：加拿大诗人，曾在美国徒步旅行，吟唱自己的诗歌换取食宿。

④ 　卡曼曾描述与惠特曼一起吃龙虾（而非牡蛎）的情形。

⑤ 　皮特罗·内尼 (Pietro Nenni, 1891—1980)：意大利社会党领袖。

而可怜的老贝尼托①

            一位有一枚别针

一位有一截带子，一位有一只纽扣

    他们都远在他之下

浅薄，业余

         或只是一伙无赖

以 50 万的价钱把国家出卖了

            企图从民众身上骗取更多

从接待员手中把地方买来

          后者却无法交货

但另一方面   强调

    失误或过分

         强调

任何革命之后的问题是如何处置

你的枪手们

就像老比利姆②在奥尔兰参议会

       所见，天哪！或在此之前

       你的枪手踩在我的蒙里

       哦女人形美如天鹅③，

---

① 墨索里尼。下文写其手下人的腐败无能。

② 指诗人叶芝，曾一度当选爱尔兰参议员，这几行模仿他的爱尔兰口音。

③ 下文"科拉姆"的诗句。

你的枪手踩在我的梦里

为啥他（帕德里克·科拉姆①）

      不坚持以那种高压写诗

"无论什么时候你拿到一张他们的钞票

（即乌尔斯特②的钞票）烧了它"

          一位参议员说

          谋划征服乌尔斯特

他在奥尔兰参议会说这番话

      显示他深刻理解……

          或可能狗屁不懂，

若一个人不偶尔在参议院里坐坐

      他怎能洞察参议员的黑心肠？

而那边③他们正在赛马

"塔！塔！猫头鹰！"④

    我相信他们没有毁坏那座

旧戏院

      经过重修，依靠文艺复兴晚期的幻想，

---

① 帕德里克·科拉姆 *(Padraic Colum, 1881—1972)*：爱尔兰诗人。

② 爱尔兰北部省会，拒绝加入爱尔兰自由邦。

③ 指意大利西爱那市。

④ 赛马时的叫声，也是几个市区名。

巴里利①在哪儿？

这位骑士，"我们不下来，"牧师说

坐在硬得要命的板凳上，等待马队

　　　游行、旗车和旗舞

挥着地区的旗帜

　　　　"再挥四小时"

"这不是一个地区，这是综合体"

一位专家向一位非专家解释

有关行会的残余

那里人们说：野地上的春黄菊

　　　严守派教堂被毁

　　　最好的罗比亚艺术品②炸成碎片

　　　近何？《离骚》

还有里米尼③庙宇的正面

搞掉墨索里尼不用

　　　　20 年④

经济战争已经开始

　　　　　　巴尔博街 35 号

（拿破仑等等）自从滑铁卢

---

① 布鲁诺·巴里利 (Bruno Barilli. 1880—1952)：意大利作曲家、音乐批评家。

② 指佛罗伦萨罗比亚家族制作的雕刻和陶瓷制品。

③ 意大利北部城市，有马拉特斯塔家族庙宇。在"二战"中受破坏。

④ 以下几行详见 106 页注④。

啥都没了，等等　　不要王公，要黄金！

举动有点零星

　　　　"从不用于国内

　　　　　　　　却用于国外以增加

放贷者的……"①那些嗯……投资者

　　　被埋在莫斯科红场

　　　连同安迪·杰克逊②、拿破仑及其他人

据某些作者描述，全灵日

　　　在开罗

或可能全埃及

　　　有尸体部分复活

　　　是特征复活，而不是逐个原子还原

可是撒都该人③根本不承认

艾略特先生的说法

在开罗有部分复活

贝多斯④，我想，忽略了它。

　　　　　骨头 luz，我想是他的出发点

很奇怪，不是吗，艾略特先生

---

① 列宁的话，下文"被埋在莫斯科红场"也指列宁。

② 即安德鲁·杰克逊 (Andrew Jackson, 1767—1845)，美国第七任总统。

③ 基督时代犹太教中以僧侣、贵族为主的派别，不承认复活、来世等教义。

④ 托马斯·洛弗尔·贝多斯 (Thomas Lovell Beddoes, 1803—1849)：英国诗人，常以死亡为诗歌主题，绰号殡仪王子，相信人体中有一根骨头叫 luz，是生命的精髓。

没在贝多斯先生——殡仪王子

　　　　身上花更多的时间

　　没人能讲他的语言

几个世纪囤积着

拨起一堆水藻

　　　　（和珍珠）①

或桉树的气息，海滩上的杂草

　　猫脸，马耳他十字架，太阳的图案

　　每棵树有它自己的嘴巴和品味

　　"一　二　三　　四"②

或音量相近的词

　　以便让那些天咒

　　　　　　或人咒的集训者听明白

偷偷摸摸的小夜猫，别碰我的硬盒子

　　这哪是猫食

　　　　　　若你稍有常识

就会在吃饭的时候来

　　　　　那时有吃不完的肉

你既不吃手稿也不吃孔夫子

---

①　隐射艾略特《荒原》里的诗句："那些珍珠，他的眼珠。"

②　原文"*hot，hole，hep，cat*"，是狱中集训踏步时指挥官喊的口令，相当于中文
　　"一二三四"。

甚至不吃希伯莱经典

请从那火腿罐头箱里出去

批号 W, 110090

现当作衣橱用

　　　　曾经毛重 53 磅

猫脸的桉树籽

　　　　是你够不着它的地方

　　调子：键盘上的小猫

　　　　电台上汽笛风琴卡利俄珀[1]

紧跟着共和国的战地赞美曲

　　当粪车不再发臭

　　　　　鼻子可以安息

"唔唔我的眼睛已经"[2]

　　　　　　　　嗯，是的，它们已经

看得够多的了

　　而可看的还更多

相当坚固，难以摧毁

　　　　还有赞美曲……

嗯，和该死的小曲相反

---

① 希腊神话中缪斯九神之首，主司雄辩和叙事。

② 此处十几行诗句，包括罐头箱批号、神秘兮兮的猫脸、出处不明的引文等等，曾引起监狱检察官怀疑因叛国罪被捕的诗人是否在诗里传递情报，实属神经过敏也。

让我记住那些逝去的日子

无人①

无时

现已时光不再

无人

无时

水从瓶子密封处渗入

直到最后月亮升起，如一张蓝色的明信片

来自莱茵河畔的宾根②

圆如佩克奥③的大缸

而后闪耀的曙光女神直视月亮的脸

（腰别手枪的琼斯举着橄榄枝）

人与狗④

在东南角地平线上

我们看到西边的狗在猎人前面

而当然在东边的那家伙如果

向右方走去

"干吗打仗？"酒贩中士说

"人太多啦！当人太多时

---

① 原文为希腊语。

② 莱茵河畔的城市。

③ 德语故事里的一个宫中傻子。

④ 指天空的猎人座与天狼星。注意此处庞德运用中文"人"与"犬"字的象形。

　　　　就得杀掉一些。"

"若没有管仲，"孔夫子说

　　"我们穿衣服扣子都会反了。"①

我们杰出的军队的政治教育

水准

　　大概还没有建立　可是

我就这样乘邪风而下②

　　　　　　　人须既来之则安之

或自己写对话，既然

　　　　　　没有人交谈

把羊群放到牧场上

把亲爱的读者领到食物前

　　　亲爱的读者　抓住话语的要点

　　　辨别动物的种类

于是离开美国，我身携 80 美元

　　离开英国，一封托马斯·哈代的信

　　离开意大利，一颗桉树籽

---

① 源出《论语·宪问第十四》："微管仲，吾其被发左衽矣。"译成白话是："假
使没有管仲，我们都会披散头发，衣襟开向左边（沦为落后民族的百姓）了。"
② 原文意大利语，出自但丁《神曲》。下行为法语，然同出一书。

在那条从拉巴洛①往上爬的坡道上

（若我去）

"在圣巴托罗密奥②我看见自己和一个小男孩一起，"

他被钉在地上，两臂张开

像一个十字架

他呻吟道："我是月亮。"

他的双脚踩在一把银镰刀上

一副可怜相

小仲马哭了，因为小仲马

有眼泪

死亡的种子在这年移动

移动的种子

落回到海槽

月亮的屁股这回被移动的种子

啃掉了

"我们不会欺骗"

月宁芙③说　洁白无瑕

还我斗篷，羽衣④。

若我有九天之云

———

① 庞德在意大利的住处。他在此被捕。

② 意大利加尔多市内的一座教堂。

③ 宁芙是希腊神话里半神半人的少女。

④ 原文日语，见013页注⑦。

如贝壳生于海滩

在它们的劫难中

如紫藤漂往海岸

随着海潮的消退，青铜和

翡翠将黯然失色

离年终尚远，小仲马已有眼泪

在以弗所她体恤银匠①

让圣灵显身

站在弯月的

尖角和乔依奥萨山上

云雀在阿莱雷山飞起②

自私的库忒瑞

除了永遭神谴的

阿克泰翁③走上厄运

在凯撒庙宇，那拱门上的长房

本属马拉泰斯塔家族④

---

① 以弗所为小亚细亚古都，"她"指女神狄安娜，是银匠的保护神。

② 乔伊奥萨山是西西里岛上的一座山。阿莱雷山是庞德所住拉巴洛附近的一座山。

③ 希腊神话中阿克泰翁在打猎时看见裸浴的女神狄安娜。狄安娜大怒，把他变成牡鹿，
被其狩猎伙伴和猎狗追杀。

④ 意大利中世纪名门贵族。

文　敬　恩

在腐败的社会里，像一支箭[1]，

雾从沼泽地升起

　　　　带来朦胧的恐怖

越过栅栏是混沌和虚无

　　　　　　再见　皮卡迪利广场

　　　　　　再见　莱斯特广场[2]

他们的作品像蜘蛛爬走后的蛛网

　　　用日光透亮的水晶镶着

40年中没有人，除了老贝洛蒂[3]

　　　　读过台基上的字

　　　　　"没有黑暗，只有愚昧"[4]

我能告诉你的，他说起某女士

说起他如何抓住未来陛下的

　　　　燕尾服之尾

---

[1]　前一行"文敬恩"中的第一个"文"字源出《论语·子罕第九》："子畏于匡，曰：'文王既没，文不在兹乎？天之将丧斯文也，后死者不得与于斯文也；天之未丧斯文也，匡人其如予何？'"这里的"文"指孔子掌握的文化（学问）。第二个"敬"字，原用拉丁文 *Caritas*，含有尊敬、慈爱、钟爱或爱之情。第三个"恩"原用希腊文，含有上帝的恩典之意。这是庞德追求的理想之一。本行"一支箭"语出《论语·灵公第十五》。

[2]　两者均为伦敦著名广场。

[3]　伦敦一家餐馆的老板。

[4]　语出莎士比亚的《第十二夜》，刻在伦敦莱斯特广场的莎翁雕像台基上。

只两次得过三便士的小费

　　　　　一次从罗思柴尔德那里，一次从德拉拉那里①

弄进大约二盎司的藏红花油

做煨饭，时在第一次如此巨大的战争期间

　　　　　对，诗圣②的台基是在莱斯特广场

在伦敦市内

可这转义，谨慎的读者会发现，

在山姆·约翰逊的版本③里找不到

"人为恶事，留其身后"

嗯，那出自《尤利乌斯·凯撒》

　　　　　若我没记错

凯撒在靠近里米尼上方越过鲁比肯河④

那里有，或曾有，奥古斯都的拱门

　　　　　"想把它借回来，"霍勒斯·科尔⑤说

　　　　　"我说／为什么？他想他可以

再造一座和它同样的拱门。"于是霍勒斯开始

买别人的画

---

① 前者为一位国际银行家，后者为一位英国作曲家。

② 指莎士比亚。

③ 指山姆·约翰逊编的《莎士比亚戏剧集》。下文《尤利乌斯·凯撒》是一部著名莎剧。

④ 意大利中北部一条河流。

⑤ 霍勒斯·德·韦尔·科尔 *(Horace de Vere Cole, 1874—1935)*：意大利商人，以开玩笑著称。他是画家奥古斯塔斯·约翰的朋友。引语中的"他想他可以"中的"他"指画家约翰。以下 *14* 行诗均以科尔日常的几个笑话为诗料。

　　　　那画家的名字，若不是因尼斯，我就想不起来了

但霍勒斯假冒大概是

桑给巴尔的苏丹，在本邦街①逛悠

　　　以补偿自己的部分失聪

他觉得，失聪夺走了他生活中的部分乐趣

在卡多马茶屋外

他说动一位澳洲人或新西兰人或南非人

　　　和自己一起下跪祈祷

还在索荷煽动一次街头抗议

　　　反对意大利参战，在

　　　　　1915 年?

眼前走过去的是打病号的纳珀、博顿

　　　　　　　　和盖迪②

将去吃枪托或颠茄制剂

　　　　　　至于老绷着脸的

我迄今只知道一位阿基莱③

他最后进了梵蒂冈

　　　　　　汉尼拔们，哈米尔卡们④

----

① 　与下文卡多马茶屋、索荷等均在伦敦。

② 　均为同狱囚犯。

③ 　阿基莱·拉蒂 (Achille Ratti, 1857—1939)：罗马教皇。

④ 　哈米尔卡·巴卡 (?—228B. C.)，迦太基统帅，汉尼拔之父。汉尼拔 (247B. C. —
183B. C.) 继任迦太基统帅后，率大军远征意大利，从而发动第二次布匿战争。他曾三
次重创罗马军队，终因缺乏后援而撤离意大利，后被罗马军队多次击败，服毒自杀。

这么多几乎都很谦卑的人

"快乐的女人，"体面的领班招待说①

20 年之后，也就是在老凯蒂之后

冲进来，气得冒烟

为的是女房东和一位

        不知名的房客的勾当

那是靠近蒂菲尔德大街那家酒吧的隔壁

"结过婚的女人，你可骗不了她"

从牧师手里夺走

        扔进永无宁日里，伊克西翁②

      特里纳克里亚人③，曼岛人

     于是老索特④

前厅挂满俾斯麦和

   冯·莫特克的大幅肖像⑤

因而在布尔战争⑥期间惠斯勒⑦常来

谈策略

      可是他，索特，从未见到

---

① 以下所指逸事出处不明。

② 希腊神话里伊克西翁由于追求主神宙斯之妻而被判入地狱，永辗于车轮之下。

③ 西西里岛古称。

④ 乔治·索特 (George Sauter, 1866—1937)：巴伐利亚画家。

⑤ 前者为德意志帝国第一任首相，后者为普鲁士元帅。

⑥ 英国与南非布尔人之间的战争，1899—1902。

⑦ 詹姆斯·惠斯勒 (James Whistler, 1834—1903)：美国画家见 175 页注②。

萨拉撒特的肖像①

　　　"像一只黑苍蝇吊着，粘在帆布上"

直到惠斯勒死后的一天

　　　我想是依萨耶②和他在一起

　　　　第一次看到

惠斯勒的画，惊叫道：

　　　　　　　多好的一把提琴！

另外，据说荷马是一位军医

跟随希腊军队到特洛伊

于是他们从荷兰公园出发去揍莱伯先生

（饭店老板）③，这使迪拉先生④感到恶心

一个干粗活的在教堂街（肯辛顿屋）从我前面冒出说：

　　　　　"你斯特国淫！"⑤

我回答道："我不是。"

"可是你反正斯个老歪。"⑥

　　　　无法根除

可是已死的好灰狗多希

---

① 指惠斯勒作的一幅肖像作品，萨拉撒特系西班牙小提琴家。

② 一位比利时的小提琴制造家。

③ 指一次大战期间伦敦爆发的一起反德事件。

④ 一位法国艺术家。

⑤ "你是德国人。"

⑥ "可你反正是个老外。"

老是对着扔给它的

　　　　大牛排激动不已

在托洛萨①

　　　　最后有一天

跃上大餐桌的正中央

躺在那儿成为主菜

　　　　　在堆满"威利"②等人小说的

碗柜旁

　　　　　全是旧的一法郎版本

在唱诗班里你可以清楚地听到

　　　　迪拉老爹的声音在高高的祭台上砰砰作响

在巴赫合唱曲里

　　　　　真的像开枪

他把他所有的旧印花布

　　　　都扔在德国人头上

经过两三年的囤积之后

　　　　在莱伯的店里

当戈迪尔③说若有战争他会为祖国而战时

老上校杰克逊对他说：

———————

① 法国城市。

② 指法国小说家亨利·戈蒂厄尔-维拉。见 59 页注③。

③ 法籍波兰雕塑家，见 089 页注⑥。

"祝贺您"

不过无政府主义是政府的真正形式

（也就是说，据我理解，是一种

　　辛迪加组织

80 高龄的杰克逊自愿为乌尔斯特[1]的部队做饭

　　"好兵来自好汤"）

　　　他在一次旋涡派画展上问叶芝：

　　　　　"你也属于兄弟会？"

而多尔默什[2]到死都不知道迪拉

　　把他的翼琴盖子的支架弄破

又修好，多尔默什自己的翼琴

　　　　　漆好后用那种奇特而神圣的朱砂调色，

"好得像面包"

　　　　　　　莫凯尔[3]这样评价"威利"

可我没法跟他（威利）解释

《日晷》[4]想要什么，格鲁克的《依菲洁尼》

　　　　在莫凯尔家的院子里开演

　　风情逝去，伤痛永留。

---

① 　见 144 页注②。

② 　阿诺德·多尔默什 (Arnold Dolmetsch, 1858—1940)：法国音乐家、乐器制造家。

③ 　比利时法国诗人和批评家。详见 112 页注⑤。下文的威利即亨利·戈蒂厄尔-维拉，见 59 页注③。

④ 　一份美国文学评论月刊。格鲁克是一位歌剧作家。

"粉红水晶的头盔下，一群江湖郎中"

马拉美①，惠斯勒，查尔斯·康德尔②，德加③

还有藤条椅酒吧

如莫奈所见，德加，那两位先生越过"孔科德

广场"④，既然这样

去朱迪思⑤的旧货店

那里有泰奥菲勒的坐椅

一个人可以住在这样的公寓房间里

看到巴黎的屋顶

那叫楼阁

靠近雅各布街⑥的一株株老树

被支撑着，以免倒下

为友谊

让⑦先生想救那座建筑物

那叫什么来着，

是不是老军校？

---

① 斯泰方·马拉美 *(Stephane Mallarme，1842—1898)*：著名法国象征派诗人。

② 查尔斯·康德尔 *(Charles Conder，1868—1909)*：英国装潢画家。

③ 埃德加·德加 *(Edgar Degas，1834—1917)*：法国印象派画家。

④ 在巴黎。

⑤ 朱迪思·戈蒂尔 *(Judith Gautier，1845?—1917)*：法国诗人、小说家，下行泰奥菲勒是她的父亲。

⑥ 巴黎街名。

⑦ 法国诗人、剧作家，见 *026* 页注③。

"他看起来，"他的门房说

                "像一位伪装的牧师"

（那是马里坦）[1]

    纳塔莉[2]对舞男说：

        你的教养很差

    他的舞伴说：瞧，她告诉你……

        于是他们把她的手袋给她

那位木腿[3]把它支成

      一个角度，比如说 140 度

    当作一把提琴

      而那 60 岁的老妓女跳了一个草裙舞

    整个小夜总会掌声四起

        "进来，请进来

这是大家的屋子。"

（这是对我和 H. 利夫莱特[4]说的，在圣诞节前后）

三个小男孩在三辆自行车上

      经过她身边时猛拍她年轻的屁股

在她从第一拍中惊醒过来之前

---

[1] 法国神学家。

[2] 纳塔莉·巴尼 (Natalie Barney, 1876—1972)：美国旅法女作家，其沙龙为著名文学活动中心。

[3] 指戴假腿的人。

[4] 霍勒斯·利夫莱特 (Horace Liveright, 1886—1933)：美国出版家。

这就是吕泰瑟^①的道德

      那里还有一个竞技场和克吕尼博物馆的

些微遗迹。

      竞技场还是罗马剧院？

还有威廉大叔^②

      研究龙萨德的一首十四行诗

油墨制造商之子^③描绘精彩场面

    C先生，我想，替《方阵》^④和

阿诺德·贝内特先生^⑤等付钱

"啊先生，"老卡罗勒斯（杜兰）说^⑥

"你要给画布刮胡子吗？"

继皮维之后是卡里埃尔^⑦

      （村里有人说）

当他们选举老布里瑟——思想王子，

    罗曼，维尔德拉克，舍纳维埃尔以及其他人^⑧

    在世界卷入战争之前

---

① 巴黎旧称。

② 指叶芝。下行龙萨德是一位法国诗人。

③ 指尤金·厄尔曼 *(Eugene Ullman，1877—1953)*，美国画家，其父为油墨制造商。
在 *1912* 年左右，曾为庞德作了一幅肖像画。

④ 一份巴黎文学杂志。

⑤ 阿诺德·贝内特 *(Arnold Bennett，1867—1931)*：英国小说家。

⑥ 卡罗勒斯·杜兰 *(Carolus Duran，1837—1917)*：法国肖像画家。

⑦ 两者均为 *19* 世纪晚期法国画家。

⑧ 均为法国作家、诗人。

当你年逾古稀时

　　　　请记住我已记住，

我的小女孩，

　　把传统延续下去

可以有一颗诚实的心灵

　　　　而没有出奇的才干

我或许已见到那传统的衰落

（年轻的黑人在独轮推车旁歇息

　　从茅厕后面的阴暗处

　　对我说：干得不错，小子，干得不错。

白人小伙子问：你会说南斯拉夫话吗？）

而博物馆附近卖的咖啡配有搅奶油

　　在那些日子里（1914 年以前）

　　那家咖啡屋的关闭

　　　　意味着 B.M. 时代

　　　　　（大英博物馆时代）的结束

刘易斯①先生去过西班牙

　　比尼恩先生②的神童们

念这个词：彭色西列

---

① 指温德姆·刘易斯 *(Wyndham Lewis)*，见 *109* 页注③。

② 劳伦斯·比尼恩 *(Laurence Binyon, 1869—1943)*：英国诗人，下行彭色西列是其
诗作《飞龙》中的人物。

一些神秘的角色

从幽深的隐居处冒出

　　　　在那家后来倒闭改成银行的

维也纳餐馆吃饭，约瑟夫①可能去跟随

他的皇帝了。

"这是被关在男人体内的儿子们"

老内普丘恩②咕哝道。

　　　　　　　　"拉俄墨冬，啊呀，拉俄墨冬！"

或有三个"啊呀"在"拉俄墨冬"之前

　　　　"他站着，"纽博尔特先生③，后来的亨利爵士

这样写道，"门在后。"而今他们埋怨肯明斯④

最初我是通过比尼恩先生认识

刘易斯先生，即温德姆·刘易斯先生。他的斗犬，我，

　　像是同老斯特奇·莫尔的斗犬作对，

　　　　　　　T.斯特奇·莫尔先生的

　　斗犬，还有

---

① 一位餐馆招待，可能在战时回奥地利效忠其皇帝去了。

② 指下文的英国诗人 T. 斯特奇·莫尔 (T. Sturge Moore，1870—1944)。以下两行
出自他的诗作《亚马逊人的溃败》。其开头几行是："农牧之神，啊呀，啊呀，啊呀，
拉俄墨冬！／拉俄墨冬：这是农牧之神，他沮丧万分：／那机灵的'啊呀'声意味着
既悲又疼。"诗行中的"拉俄墨冬"是希腊神话里特洛伊国王。

③ 亨利·纽博尔特 (Henry Newbolt，1862—1938)：英国诗人，其诗句常用倒装，庞
德感到讨厌。

④ 美国著名诗人肯明斯，以句式怪异著称。

乃吾意也①，死在酒馆

这是我的意图，或曾是我的意图，维也纳餐馆

整个意大利你连一盘中国菜都买不到

所以完蛋啦

"呜呼，"（罗伯特）布里吉斯先生②说，

"我们要全盘复古"

意指古字，曾有一个名叫弗尼瓦尔③的

好老头和韦尔·米切尔博士④收集古字

而富兰克林饭店俱乐部……

年轻人出外到殖民地去

却还得继续还债

可老威廉说得很对，

一座好房屋的倒塌

对谁都没有好处

（不管是凯尔特人还是别人）

而在格塞尔⑤手里这种事也不会发生

---

① 原文为拉丁文，意为"这是我的意图"。

② 罗伯特·布里吉斯 (Robert Bridges，1844—1930)：英国桂冠诗人。庞德曾将自己的诗作给他看，后者建议多用古文，并说："我们要全盘复古。"

③ 弗雷德里克·弗尼瓦尔 (Frederick Furnivall，1825—1910)：英国学者、语言学家，曾编《牛津英语词典》。

④ 韦尔·米切尔 (Weir Mitchell，1829—1914)：美国神经病学家，曾编辑乔叟词典，是下行富兰克林饭店俱乐部的发起人。

⑤ 见 039 页注①。

梅布尔①的红头发确实美观

值得他②吟诗作对

伸向海壁的舌头，"斯莱戈在天堂"

或威廉的老爸在科尼岛③，高坐象背

容光焕发，仿如先知以赛亚

　　J. Q. （约翰·奎因先生④）

　　　　　　　　　　像8岁的小孩

瞄准目标

　　　　　"液体和流体！"⑤

　　　　看手相的人说。"画家？

可那难道不是液体和流体吗？"［对着可敬的

　　　　大胡子叶芝说］

　　"够哥儿们，"肯明斯先生说，"我知道，因为他

从未试图卖给我什么保险"

---

① 画家比亚兹莱（见 042 页注⑤）的妹妹。

② 指叶芝，下文"斯莱戈"见 099 页注①。

③ 纽约著名游乐场。

④ 约翰·奎因 *(John Quinn, 1870—1924)*：美国律师，爱尔兰文学权威。

⑤ 以下几行写叶芝的老爸担心儿子会和坏女人私奔，致使他想当爷爷的梦想破灭，于是他去找看手相的人算命。

（纪念沃伦·达勒尔①，这位帕钦寓所的克里斯·

哥伦布）

传统在此，如惠特曼在坎登②

一幅版画，莱克星顿街 596 号③，

　　　　　　47 东街 24 号④，

和吉姆⑤在香蕉笼边下跳棋

"这木头的模样好滑稽，詹姆斯，"弗兰克姨妈说

"它看起来像是被烧过。"

　　　　　　　　　　[温泽旅馆失火]

　　"房顶的一部分，太太。"

　　哪座博物馆

藏有一张那个时代的折叠床？

而今，为什么？摄政公园⑥

　　那里有阿尔玛 – 塔德玛的住宅

　　（一口喷泉）或还有

---

① 一位美国画家，是他首先发现帕钦寓所，因此被喻为哥伦布式的人物。后来肯明斯在此长住。多年以后，庞德写信给肯明斯时，还问及这位老画家。

② 在美国新泽西州。

③ 庞德外祖母的住处，诗人在此曾见过许多家藏古物，包括这里提到的版画。

④ 庞德的亲戚在纽约开的温泽旅馆，诗人年幼时在此住过。

⑤ 即下行的詹姆斯，是温泽旅馆的黑仆人。

⑥ 在伦敦。阿尔玛 – 塔德玛是一位英国画家，莱顿是一位贵族。

莱顿之屋？

成批的前拉斐尔古董堆积

　　在色尔塞①一个密封地窖的一只箱子内

"把他扛上去洗澡"（指斯温伯恩）②

"连丁尼生③都曾试图

　　从壁炉里出去。"

我认为那是他，福迪，想让我开开眼界

当他把我带到布雷登小姐④

　　在里士满⑤的家（我指的是那排场）

但那样的纽约我曾在佩里格⑥见过

　　　　　　　　就像在阿尔

在撒拉逊人之后⑦

　　如《布雷达的投降》（委拉斯凯兹）⑧

创作于阿维尼翁⑨的壁画之后

---

① 英格兰南海岸一座小城，下文的福迪 *(Ford Madox Ford*，英国小说家*)* 曾在此住过。

② 指英国名诗人阿尔杰农·查尔斯·斯温伯恩 *(Algernon Charles Swinburne，1837—1909)* 醉酒后出的一次洋相。

③ 艾尔弗雷德·丁尼生 *(Alfred Tennyson，1809—1892)*：英国桂冠诗人。

④ 玛丽·布雷登 *(Mary Braddon，1837—1915)*：英国言情小说家，很富有。

⑤ 伦敦富人居住区。

⑥ 同下文的阿尔、阿维尼翁均为法国城市名。

⑦ 阿尔是法国一个城市，曾遭撒拉逊人进攻，后建著名的阿里斯肯烈士公墓。

⑧ 西班牙画家委拉斯凯兹 *(D. R.S. Velcisquez，1599—1660)* 的一幅作品。

⑨ 法国南部城市，*14* 世纪时曾为教廷所在地。

所有的马都武装着笔直的长矛

红胡子正在修补他

　　小女儿的鞋

"以赫耳枯勒斯的名义！这是我们的拿手好戏"

（伯恩，并不完全是阿尔塔福尔特[①]）

　　以如此的尊严

在旺达多尔，在奥贝特尔[②]

或在他们把桌子摆在小河边

溪岸隐没在草丛间的地方

　　（乔治大叔[③]在那条路上找不到那地点）

因为路已从山边岔开

可他爬了约 200 级台阶到塔顶

去看看他曾从谷仓顶上看见的风景

　　　那谷仓已不在

　　　　　　皮亚韦河[④]边

在那里他发射过榴弹炮

而那只在高处正对着他的巨眼

是一头长颈鹿的眼睛

---

① 伯恩是法国城市，阿尔塔福尔特 *(Altaforte)* 是来自伯恩的一个名门贵族居住的城堡，准确的拼法是 *Hautefort*，因此说"并不完全是阿尔塔福尔特"。

② 两者均为法国地名。

③ 美国众议员，见 *020* 页注②。

④ 在意大利东北部。

黎明，在其巢内，狩猎豹子①。

"那姿态，"他说，"是标本剥制师的假造

　　　　眼镜蛇不是大蟒

不会把自己缠在猫鼬身上"

可谈到龟鳖类

　　　不相信它们会飞

　　　　　主教以诽谤罪起诉

（我想是要 50 万，可最后

　　　　　　　没有上法庭）

那时乔治大叔②正在计算

　　　沃尔佩的千瓦电量

根据在利多超级宾馆见到他的后颈

那年在弗洛里安③，罗纳德爵士

说过：尼格斯④不是个坏蛋。

　　　事实上那只送给他表妹的乳白色母鹿

　　　使我想起埃及银行

　　　　和那些金条

---

① 指天空中的鹿豹座。

② 见 020 页注②。

③ 威尼斯一家咖啡屋。罗纳德是一位英国官员、历史学家。

④ 埃塞俄比亚皇帝塞拉西的称号。

存在老美尼里克的宫殿里

好像是亚历山大分行吧，那些红木柜台和办公桌

是（恩里科）佩阿①放在那儿

而今在档次较高的选集里

　　　　　还能找到维特科姆·赖利②吗？

　　　南希③你在何处？

所有那些多彩的毛皮与富丽的丝袍都哪儿去了

还有分布在（厄克西德伊④）高栏杆上的

石头里的波纹

塞古尔山与迪奥切城⑤

每月我们都有一轮新月

厄尔比厄（克里斯琴）⑥到底

　　　拿他的画干吗了？

弗里兹⑦是否还在盖一鲁萨克街 13 号那里咆哮

---

① 恩里科·佩阿 *(Enrico Pea, 1881—1952)*：意大利小说家。

② 詹姆上·维特科姆·赖利 *(James Whitcomb Riley, 1849—1916)*，美国诗人，其片
言诗作对庞德幼年影响很深，庞德最早的诗歌尝试有些是模仿赖利的。

③ 指南希·昆纳尔德 *(Nancy Cunard, 1896—1965)*，美国诗人、富婆，支持过很多
穷困潦倒的艺术家、诗人。

④ 法国西南部城市。

⑤ 均在法国。

⑥ 法国诗人，曾化名克里斯琴译庞德的作品。

⑦ 一位住在巴黎的荷兰作家。

他那颗石雕头像是否还在阳台上？

奥雷奇，福迪，克勒弗尔①都去得太快了

    从我的孤寂中让他们来吧②

摆在那儿直到罗塞蒂③发现它

    以两便士廉价出售

库忒瑞④，在月亮彩船的何处？

      尔何以有新月为车？

或他们衰落是否源于音乐上的低级趣味

    "这儿！绝对不要那种数理音乐！"

指挥官说，当明希⑤把巴赫献给军团

或斯佩弗奇尼时⑥，那太人性的

    在眼大利⑦半岛深受欢迎

---

① 即艾尔弗雷德·理查德·奥雷奇 (Alfred Richard Orage)、福特·马多克斯·福特 (Ford Madox Ford) 和勒内·克勒弗尔 (ReneC. Crevel)，他们均为庞德故友。

② 源出 Lope de Vega 的诗句。

③ 但丁·加布里埃尔·罗塞蒂 (Dante Gabriel Rossetti, 1828—1882)：英国画家、诗人。"它"指一古书珍本。

④ 此处指金星，在夜空陪伴着新月。

⑤ 一位德国钢琴家。

⑥ 普契尼 (Puccini)：一位意大利作曲家。在意大利的那位德国指挥官把"普契尼" (Puccini) 发音成"斯佩弗奇尼" (Spewcini)，庞德在此仅作笑话引用。

⑦ "意大利"之谐音。

出于显而易见的原因

　　因此甚至如今我都能容忍

　　论物失准

那位到处流窜的近似男高音向我解释：

　　　　嗯，通常保留节目里的歌剧

已被筛掉，是有其原因的

某某先生说，人们对美有一种

　　　　我说不清楚的奇怪的恐惧感

美，"美是困难的，叶芝，"奥布里·比亚兹莱说[1]

　　当叶芝问他为何画那些恐怖之物

　　或至少不像伯恩－琼斯[2]

　　比亚兹莱知道自己快要死了，必须

　　尽快出名

因此作品中不再有伯恩－琼斯的成分

　　如此十足的困难，叶芝，美如此困难。

----

① 见 042 页注⑤。

② 一位英国前拉斐尔派画家。

"我是火炬，"阿瑟[①]写道，"她说"

在月亮的彩舟里，玫瑰粉指的黎明[②]

云纱轻笼于她前面

　　　　　可怕的库忒瑞仿如生于激流中的一叶

双目苍白无火

桑德罗[③]所知道的一切，还有雅科坡

　　　　以及委拉斯凯兹从未怀疑的

均消失于伦勃朗的褐肉

　　　　和鲁本斯与约尔丹斯的生肉之中

"独此，皮与骨在你与整体之间，"

　　　　　　　　　　[*toh pan*[④]，整体]

　　　　（朱熹的评注）[⑤]

　　　　或 luz 骨[⑥]

如同谷种与二头肌

---

① 阿瑟·西蒙斯 *(Arthur Symons，1865—1945)*：英国诗人、批评家，有名作《文学中的象征主义运动》。

② 见 042 页注①。

③ 本节所出现的人名均为画过女神库忒瑞（维纳斯）的画家。

④ 希腊语，意为"整体"。

⑤ 比较《中庸》朱熹之注："首明道之本原于天而不可易，其实体备于己而不可离……"

⑥ 见 146 页注④。

书，武器，人，见于西格斯蒙多[1]

而我们时代的肖像画里，玛丽·洛朗森的《科克托》

惠斯勒的《亚历山大小姐》

　　　（相反地，萨金特的三位胖女人）

　　　和某人的罗登巴赫画像[2]

　　　　　带有背景

可能是圣路易岛[3]，静谧的效果，在阿伯拉尔[4]桥下

因为那些树是乐土

　　静谧的效果

　　　　　　在阿伯拉尔桥下　　万物皆流

因为那些树是静谧

他漫游于舞雩台下[5]

---

① 见 004 页注②。

② 这四行指画家及其肖像作品。玛丽·洛朗森 *(Marie Laurencin，1883—1956)*：法国女画家，受野兽派和立体派影响，风格简洁、细腻，色彩丰富，以善描绘优雅而略显忧郁的妇女形象著称。詹姆斯·惠斯勒 *(James Abbott McNeill Whistler，1834—1903)*：美国画家，长期侨居英国，主张"为艺术而艺术"，以夜景画、肖像画和版画闻名于世。约翰·萨金特 *(John Singer Sargent，1856—1925)*：美国画家，长期侨居伦敦，以肖像画见长。乔治·罗登巴赫 *(Georges Rodenbach，1855—1898)*：比利时象征派诗人，他的肖像为李维 – 杜默 *(Levy–Dhurmer)* 所作。

③ 巴黎塞纳河上的岛屿。

④ 彼得·阿伯拉尔 *(Peter Abelard，1079—1142)*：法国哲学家、教育家、神学家。所著《神学》被指为异端而遭焚毁。仰慕之众跨桥过河去聆听他讲诵，故桥得此名。

⑤ 见 114 页注③。

或其树丛之下

或其栏杆之下?

他动中有静

如阿里斯肯古墓①之灰石

或是在塞古尔山

是老 (H.) 斯潘塞②, 他第一次为我朗读《奥德赛》

长着一颗像比尔·谢泼德③的脑袋

在哪个锡拉库扎的码头? ④

或在哪片松林旁的

哪个网球场?

联盟结邦之苦心孤诣

并不违背天意

而袭击那个岛屿

和抗拒天命之力的愚蠢⑤

有一颗那样的心灵, 他是我们其中之一

西风, 带来宜人的轻流

---

① 见上有关阿尔市的注释。

② 庞德中学时一位老师, 曾在庞德打完网球后为他朗读《奥德赛》。

③ 庞德大学时一位老师。

④ 见 085 页注⑤、006 页注③。

⑤ 故事出于《奥德赛》。

我已忍无可忍 /

那来自死亡之门，

　　那来自死亡之门：惠特曼或洛夫莱斯①

　　　居然在茅厕座位上找到

便宜版本！[多谢斯皮尔教授]②

汝曾否游于恶风之海

　　穿越永恒之虚无，

当木筏离散，水流淹我，

为了那些饱尝辛酸的人们

　　以不同时代的三位圣人的名义

波培图亚，阿加萨，阿纳斯塔西亚③

洁白无瑕地，我将走进④

让其安息

　　不已之为⑤　　纯洁之女皇⑥

　　　我造的泪水淹没自己

---

① 理查德·洛夫莱斯 (Richard Lovelace, 1618—1657)：英国诗人，见 120 页注②。

② 莫里斯·斯皮尔 (Morris Speare)，主编《袖珍本诗歌》，庞德在狱中茅厕里找到
这种本子，爱不释手。

③ 三位不同时代的殉道士。

④ 这段是引用天主教弥撒时用语。

⑤ 指行动过程没完没了，请比较《中庸》："盖曰文王之所以为文也，纯亦不已。"
庞德认为"道"在行动中有着神圣的神秘性。

⑥ 天主教弥撒用语。

晚了，太晚了，我才知道你的悲伤①

花甲之年我仍然硬如后生

　　若暴风雨后有宁静

蚁群似乎动荡不安

　　当曙光逮住它们的影子

　　　　（纳达斯基，杜厄特，麦卡利斯特②，

　　　　还有康福特，特别点名去当帮厨勤务

　　　　彭里思，特纳，托思昨天打病号）

　　　　（不幸而留名后世）

邦克尔斯，塞茨，希尔德布兰德和科内利森

　　阿姆斯特朗，特别点名去帮厨勤务

　　感谢怀特，感谢比德尔

　　来自非洲的怀斯曼（不是威廉）。

举着冒烟的火炬穿越无尽头的

　　　　　地下迷宫

或想起卡尔顿③，让他在谷物中庆祝基督

若粟猫被降服

---

① 原文法语，为维永《大誓约》诗句。

② 此下至"波恒"均为狱中人物。

③ 马克·卡尔顿 (Mark Carleton，1886—1925)：农业科学家，以改良谷种著名。下行粟猫指传说中谷物的精灵。

德墨忒耳①已卧于我的垄沟

此风轻于天鹅绒

日子纹丝不动

（朱普，布福德和波恒）

时运不济，身后留名②

他的头盔被用作尿壶

这顶头盔被我用作洗脚盆

厄尔珀诺耳能数清佐阿利③下的砾石

佩皮顿④正在浪费刷牙水

我躺在排水洞边

军中

看守的观点比坐牢的

差多了

哦多想在英格兰，现在温斯顿⑤已下台

而今有了怀疑的余地

① 见015页注①。

② 典出《奥德赛》：一位士兵（即下文厄尔珀诺耳）在出征前从楼上摔下，折颈而死。
可此事发生于奥德修斯的英雄磨难史里，于是他也被载入史册。

③ 意大利小城。

④ 同狱囚犯。

⑤ 即丘吉尔。

银行可能会国有

多年的忍耐

劳动党的波动

或许可让大家都有饭吃,

看他们如何摔滑滚爬

看他们如何企图掩盖

真正的凶兆

从塔上看一会儿

那里一层厚厚的死苍蝇躺在被遗忘的

旧宪章上,哦,久被遗忘的

不过确认了约翰第一条①,

还在那儿,若你爬过阁楼的橡木;

眺望田野,它们被开垦了吗?

那老台阶是否还在,像

整个殖民地一样

如果钱又自由了?

切斯特顿的英格兰处在"曾经"与"何不"之间②

抑或一切都是铁锈、废墟、遗产税和抵押?

宽阔的停车场空空荡荡

---

① 指英国约翰王确认的一条宪法,庞德曾游访藏有英国宪章珍本的古塔。

② 切斯特顿是一位英国作家、右翼政治活动家。"曾经"与"何不"表明英国那时面临的选择。

更多的画被拿去报税了

当一只狗长得高却

没高到那种程度时

这狗是一位塔尔博特①

    （骸骨太长了一点？）

当一个屁股只有整个屁股的一半那么高

那个屁股是小屁股

       后半边光光②

旧厨房跟僧士们走时一样

其余是时光铸就。

[只有影子进入我的帐篷

        当人们从我和日落间走过，]

东边的铁丝网外

    一只母猪领着九只猪崽

主妇般的威严不亚于任何出入克拉里奇③的公爵夫人

---

① 塔尔博特是庞德之妻的亲戚，曾继承一大笔遗产，可为了支付遗产税，不得不出售家藏名画和宪章珍本。

② 以下几行诗韵仿庞德在斯皮尔主编的袖珍本诗集读到的一首古诗。下文"绿冬青"几行同此。

③ 伦敦一家上流宾馆。

那年圣诞节在毛里斯·休莱特①家里

从南安普敦②出来

他们成群结队走过车旁

 一群在磅秤上都显不出重量的人

   骑呀，骑

     这棵绿冬青给圣诞

 圣诞，圣诞，绿冬青

 一个黑夜给冬青

那应该是索尔兹伯里平原③，过去 12 年里

 我从未想起安妮女士

  还有那港口

多小的一个格子间，在那里他们刺死他

  几乎就在她的怀里，斯图尔特④

 若把一切悲伤、哀怨和痛苦

  留给豹子和金雀花⑤

----

① 毛里斯·休莱特 (Maurice Hewlett, 1861—1923)：英国小说家。

② 英国西南部城市。

③ 在英国西南部。

④ 玛丽·斯图尔特 (Mary Stewart, 1542—1587)，英格兰女王。上文中的"他"指
她的秘书，在与她共餐时被刺死。

⑤ 两者为 12 世纪英格兰皇家争夺王位的两派的象征物。

都铎去矣，随同所有的玫瑰①，

血红，雪白，在日落中闪耀

叫喊："血，血，血！"冲着英格兰

哥特式的石头，如霍华德或博林②所知。

不去寻找胭脂红的花瓣来猜想，

白色的花蕾也不是时间的检察官

查询它刚刚交扭的根茎

绕自约克的头还是兰开斯特的肚子；

或偶尔，一个理智的心灵骚动不安，

在枝干或夏日的新芽里，沉浸于

无边的后悔，从你处寻找的

只是遗忘，而不是你的宽恕，法兰西。

当幼小的蜥蜴③延伸它的豹斑

　　沿着草叶寻找半只蚂蚁大小的绿蠓

蛇形池④看起来跟这一模一样

<hr>

① 都铎是 *1485* 年至 *1603* 年间统治英格兰的王朝。在玫瑰战争中，约克家族（白玫瑰）
与兰开斯特家族（红玫瑰）争夺王位。

② 两位被斩首的英格兰王后。

③ 可能指一只带豹纹的小野猫。

④ 原文为 "*Serpentine*"，指伦敦海德公园里一个像蛇一样蜿蜒曲折的水池。

水鸥在池边将是同样的洁净

下沉式花园依然如故

上帝知道我们的伦敦还剩下些什么

　　　　　我的伦敦，你的伦敦

若她那绿色的典雅

　　　仍留在我的雨沟这边

　　　豹纹猫咪会在别的带骨牛排上寻找午餐

日落，伟大的设计师。

第八十一章

宙斯躺在刻瑞斯①的胸脯上

泰山被爱者守护着

在库忒瑞②下，日出前

他说："有很多天主教信条——（听起来像天之教）

却缺乏宗教"

他还说："我相信帝王们消失了"

（帝王们，我想，会消失）

那是荷塞·埃里桑多神父③

于 1906 和 1917 年

或大约 1917 年

多洛雷丝说："孩子，吃面包吧"④

---

① 罗马神话中的谷类女神，相当于希腊神话中的德墨忒耳。

② 指金星。

③ 一位西班牙牧师。

④ 原文为西班牙语。多洛雷丝出处不明。

萨金特①画过她

　　　　在他衰退之前

（亦即，若那算是衰退）

　　　　可那时他搞的是拇指素描，

在普拉多美术馆②里的委拉斯凯兹③印象画

书价是每本一比塞塔④，

　　　　　　黄铜烛台成比例，

热风来自沼泽地

　　　死亡般的阴冷来自山间。

后来鲍尔斯⑤写道："可是如此的憎恨，

　　　我闻所未闻"

伦敦红色分子不愿暴露他们的同伙

　　　　　（亦即活动在伦敦的

佛朗哥⑥同伙）而在阿尔卡萨⑦

40 载已逝，他们说："回车站去吃饭

你可以睡在这儿，每宿一比塞塔"

---

①　约翰·萨金特 *(John Sargent，1856—1925)*：美国画家。

②　西班牙国家美术馆。

③　西班牙画家。

④　西班牙货币单位。

⑤　克劳德·格纳德·鲍尔斯 *(Claude Gernade Bowers，1879—1958)*：美国历史学家、外交家，曾任驻西班牙大使。

⑥　弗朗西斯科·佛朗哥 *(Francisco Franco，1892—1975)*：西班牙独裁者，靠德国和意大利的帮助在西班牙内战中取胜。

⑦　西班牙中部城市，庞德年轻时游过此地。

山羊铃整夜叮当作响

女主人咧嘴道：Eso es luto, *haw!*

mi marido es muerto

（那是哀悼，嗬！我丈夫死了）

当她给我写字的纸

黑边有半寸多宽，

比如说 5/8 寸，是旅店的用纸

"我们管所有的外国人都叫法国佬"

鸡蛋在卡布拉内斯①的口袋里打碎了，

历史就这样开篇。巴兹尔②说

他们击鼓三日

直到鼓皮全部裂开

（简朴的乡村节日）

至于他在加那利群岛③的生活……

负鼠④注意到不同地点举办的政治性欢迎会

表演当地葡萄牙民间舞蹈的

总是同一班人

示威的技巧

---

① 一位西班牙作家，可此处所指之事不明。

② 即英国诗人邦廷，见 *016* 页注②。

③ 位于大西洋东北部。

④ 指 *T. S.* 艾略特。

科尔（不是 G. D. H.，是霍勒斯）①研究过它

"你会发现，"老安德烈·斯皮雷②说，

（农业信贷）委员会里的每个人

都有一位内兄或内弟

　　"你一个，我一群。"

　　约翰·亚当斯说

对他反复无常的朋友杰斐逊先生

　　谈及抽象的恐惧③

（打破五音步，此为首举）④

或如约·巴德⑤所说：他们彼此从不讲话，

若他们看起来像面包师和旅馆接待员

　　　　说起话来却像鲁舍富科尔德和曼特农⑥。

"我要你的命"

　　　　"我要你的"⑦

在短于一个地质代的时间里

　　　　亨利·门肯⑧说

---

① 见 154 页注⑤。

② 见 096 页注②。

③ 两人均为美国著名政治家。亚当斯说杰斐逊害怕君主制（"一个"），而他自己害怕贵族统治（"一群"）。

④ 此为庞德的诗歌革新主张之一；打破音节格律的限制，采用日常口语。

⑤ 约谢夫·巴德 *(Joseph Bard, 1892—1975)*：匈牙利作家。

⑥ 前者为法国文体家，后者为法国王后。

⑦ 日常口语之例。

⑧ 亨利·门肯 *(Henry Mencken, 1880—1956)*：美国编辑、批评家。

"有些人做饭，有些人不做

　　有些事情无法改变"①

"愿小车轮把我心爱的男人带回家"②

重要的是文化水准，

　　为这张前身是包装箱的桌子而感谢贝宁③

　　　"跟谁也甭提是俺做的"

　　　　　　声音来自面具，跟法兰克福的媲美

"有它你就不用坐在地上了"

　　　　轻如观音之枝

起初对其粗制滥造有点失望④

那光秃秃、摇摇欲坠的码头，然后看见

高高的轻马车

　　　　才有点安慰，

乔治·桑塔雅那到达波士顿港口

至死保留那西班牙人的

咬舌音

　　　一种几乎不露痕迹的优雅

————————

① 庞德的太太多萝西说的话，说自己绝不做饭。

② 出自古希腊诗歌，整句大意为：愿小轮子把我心爱的男子（他和另一个女人跑了）带回我家。

③ 一位同狱黑人囚犯用包装箱为庞德做了一张写字桌，庞德在下文夸其面具之美。法兰克福有博物馆收藏非洲面具。

④ 此下写桑塔雅那（见142页注②）初到美国时的印象。

像墨斯①把 u 音发成罗马尼阿的 v

桑塔雅那说悲伤是一出完整的戏

   为每位吊慰者重演

直至高潮。

而乔治·霍勒斯②说他能"说动贝弗里奇"（参议员）

贝弗里奇不愿谈，不愿为报纸写文章

但乔治在他的旅馆宿营

在午餐、早餐和晚餐时骚扰，把他说动了

    三篇文章

我的老爸正在挖玉米时

   乔治对他说的，

走过一片空地

   那里偶尔你会遇见一只野兔

或仅是一只跑走的家兔

    哎呀!

    急流中的一片落叶

      我的窗格子前没有阿尔泰亚③

歌剧脚本④

---

① 指墨索里尼。为了塑造大众化形象，他把自己名字中的 u 按照家乡罗马尼阿地区的发音改成 v。

② 一位美国记者。

③ 源出洛夫莱斯诗《狱中致阿尔泰亚》："我神圣的阿尔泰亚来了／在窗格子前低语。"

④ 庞德把此下几节诗当成歌剧，表示他注重诗歌与音乐的不可分割。

但是

在季节冰冷地死去之前

生于西风的肩头

我升起在灿烂的天空

　　　　　劳斯与詹金斯守护汝之歇息

　　　　多梅奇永为君之客①

他曾否降服六弦琴之木

调好　抑音　与锐音？

他为我们做好了琵琶？

　　　　　劳斯与詹金斯守护汝之歇息

　　　　多梅奇永为君之客

汝曾否养成如此轻快之心情

　　使根茎发芽？

汝曾否找到　　一片云　　如此轻飘

　　似雾非雾，似阴非阴？②

　　　　　　那就请劳驾告诉我是否

　　　　沃勒在歌唱或道兰德在弹奏③。

----

① 三者均为音乐家的名字。

② 以上四行模拟英国诗人本·约翰逊 (Ben Jonson) 的一首诗。

③ 前者为英国诗人，后者为爱尔兰演奏家。

　　　　　汝之双目骤然戕我

　　　　　吾望其美瞬息即逝①

180 年以来几乎空空如也。

倾听那温柔的低语

　　　新的微妙之目光进入我的帐篷，

或为精神或为实质②，

　　　但那蒙布遮掩的

或在狂欢中

　　　　　　　　没有一双表示愤怒的眼睛

　　　看见的只是双眼以及双眼之间的神态，

色彩，分离，

　　　疏忽或忽视了它并没有

　　占据整个帐篷的空间

此地亦不适于全知③

交叉，穿透

　　　只在别的亮光之外洒下阴影

　　　　　天空的晴朗

―――――――

① 英国名诗人乔叟的诗句。

② 见 *068* 页注①。

③ 原文为希腊语，意为"知道、看见"。

夜的海

山池的绿

在半蒙的空间里裸露的双眼中闪耀。

君之最爱将永存，

余若为渣

君之最爱将不被夺走

君之最爱为君之真正传世之物

世界属何人？属吾？属彼等？

或不属任何人？

先有所见，后有可触之物

福地，纵然位于地狱之厅，

君之最爱为君之真正传世之物

君之最爱将不被夺走

在其龙之世界蚂蚁乃一只半人半马怪。

扯下汝之虚荣，乃非人

造就勇气，造就秩序，或造就恩典，

扯卜汝之虚荣，吾命汝扯下。

在绿色世界寻找属尔之地，

凭逐步创造或真正艺术，

扯下汝之虚荣，

帕坎①，扯下！

那绿色盔瓣远胜尔之典雅。

"战胜自我，他人将从尔矣"②

    扯下汝之虚荣

君乃遭雹击之犬，

一只肿胀之喜鹊在日光忽明忽暗里，

半黑半白

翼尾难辨

扯下汝之虚荣

          汝之憎恨如此卑劣

于虚假中繁衍，

          扯下汝之虚荣，

急于摧毁，羞于慈善，

扯下汝之虚荣，

          吾命汝扯下。

实行而非怠惰

        此非虚荣

曾以威仪叩击

---

① 一位巴黎服装设计师。

② 乔叟的诗句。

布伦特①应打开之门

　　曾从空中收集活生生的传统

或敏锐之老眼光中那不灭之火

此非虚荣。

　　谬误皆在惰于行，

在犹疑之怯懦②……

---

① 威尔弗雷德·布伦特 *(Wilfred Blunt, l840—1922)*：英国诗人，积极参与社会政治活动，为庞德所仰慕。

② 原书初版里此行结于逗号，再版时改为省略号，然而两者均表示犹疑、有待作为之意。

第八十二章

当我看着一朵云和天狼星在一起

黑小伙子从粪车旁喊道

"早上好，先生"

（杰弗斯，洛弗尔和哈利

还有借给我剃刀的沃尔斯先生

珀萨，纳达斯基和哈贝尔[1]）

没见到斯温伯恩[2]是我的唯一的遗憾

我不知道他曾去看过兰道[3]

他们对我说东道西

---

[1] 均为同狱囚犯。

[2] 指英国诗人阿尔杰农·查尔斯·斯温伯恩（见 *168* 页注[2]）。庞德初到伦敦时，斯温伯恩还健在，但庞德一直没有机会见到他，抱憾终生。

[3] 沃尔特·兰道 *(Walter S. Landor, 1775—1864)*：英国诗人、散文家。

当老马修斯①去时，他看见三只茶杯

　　　　两只是给喜欢喝凉茶的瓦茨·邓顿②，

因而老埃尔金只有一个荣耀

　　　　他确曾提过阿尔杰农的手提箱

当他，埃尔金，刚来伦敦时。

　　　可据我现在所知，我应该

　　　能好歹遂愿……靠狄耳刻③的幽灵保佑

　　　　　或一条皮棍棒。

当法国渔民把他捞上来时，他④

却大声朗诵

　　　　可能是埃斯库罗斯⑤的诗

　　　直到他们进入港口，或什么

别的地方

　　　　　"在阿特里泽斯的屋顶上"

---

① 埃尔金·马修斯 (Elkin Mathews, 1851—1921)：伦敦出版家。

② 瓦茨·邓顿 (Watts Dunton, 1832—1914)：英国诗人、批评家。

③ 希腊神话中忒拜国王吕科斯之妻。

④ 指斯温伯恩，曾在法国海边游泳，一度失踪，后被渔民救起。庞德记错了。当时斯温伯恩在被渔民救起后，向渔民朗诵的是雨果的诗，不是埃斯库罗斯的诗。

⑤ 埃斯库罗斯 (Aeschylus, 525? B.C. —456B.C.)：古希腊三大悲剧作家之一，相传写了80多个剧本，现存《被缚的普罗米修斯》《波斯人》《阿伽门农》等悲剧七部。

"像一只狗[1]……干得漂亮

　　　我的丈夫……手

　　　　hac dextera mortus[2]

　　　死在这只手上"

相信是利顿第一次在斗牛场上看见布伦特[3]

　　　或可能是帕卡德兄弟[4]

和"我们的兄弟珀西[5]"

　　　　巴西尼奥[6]的手稿空白处

有希腊字形

　　　　奥蒂斯，松奇诺[7]，

"大理石人"将化为烟云[8]，

三只鸟停在电线上

　　　克劳斯先生[9]请求回去想一想

---

① 源出埃斯库罗斯的剧作《阿伽门农》的开头巡夜人的讲话："我要求众神暂停……这次以多年为期的巡行，我像狗似的躺在阿特里泽斯的屋顶上，标出夜间所有的星球雄伟的列队行进。"

② 拉丁文，"死在我的右手上"，源自埃斯库罗斯的《阿伽门农》，克吕泰涅斯特拉说："这是阿伽门农，我的丈夫，死在我的右手上，真是干得漂亮。"

③ 利顿为一位英国贵族，布伦特见第 194 页注②。

④ 一位加拿大作家。

⑤ 指英国诗人雪莱。

⑥ 巴西尼奥·德·巴西尼 (Basinio de Basini，1425—1457)：意大利诗人。

⑦ 前者亦见 116 页注⑥，他也研究希腊与拉丁诗学。后者为一位意大利 16 世纪印刷商。

⑧ 古代积极传播知识文化的印刷商，他们的足迹将永远保留在所印的书籍中，而那些被刻成大理石头像的名人志士，将逐渐被历史遗忘，化为烟云。

⑨ 1916 年出版庞德诗集的人，因要求删掉其中几首在出版人看来是淫秽的诗，同庞德发生争议。

若原稿不被采用

谁将付钱给作者

　　　　　（埃尔金·马修斯，我的矮斗士）

　　"毕竟"比勒尔先生①说，"这只是汤姆·莫尔

和罗杰斯的老故事"

　　　　　　贵妇人夜里起来

移动所有的家具

　　　　（那是 YX 太太）

Z 太太不喜欢独自进餐

　　　傲者不应与傲者共卧一床

　　　　在烛光点燃的暗绿中

梅布尔·比亚兹莱②的红头发是一种荣耀

梅斯菲尔德先生③嘟哝着说：死亡

　　　老内普丘恩④谈及福楼拜时

　　　指的是某种不可捉摸的东西

托姆奇克小姐⑤，那女巫

困扰玄学研究协会

----

① 一位英国散文家。后两者是不起眼的英国诗人，常因其诗作出格而受检审。

② 见 042 页注⑤。

③ 约翰·梅斯菲尔德（John Masefield, 1878—1967）：英国诗人、剧作家、小说家。
1930 年获桂冠诗人称号。其诗作常有出格之处。

④ 见 164 页注②。

⑤ 一位波兰女巫。

谈话不应该

　　彻底消亡的观点

甚至我都能记住

　　在伍伯恩楼 18 号[①]

坦克雷德先生，亦即耶路撒冷

　　和西西里的坦克雷德[②]，对叶芝说：

　　"你能否为我们念一首你自己选的

　　　　　　并且

　　　　　　　　完美的

　　　　　　　　　　抒情诗。"

更可惜的是随着坦克雷德的消失

狄更斯死了两次[③]

有关那些，老福特[④]谈得最好，

有血有肉，而非文字游戏

　　　　尽管有威廉[⑤]的逸事，至少福迪

　　从不为了造词而损坏观念

---

① 威廉·叶芝在伦敦的住址。

② 法兰西斯·坦克雷德 (Francis W. Tancred)，一位意象派诗人。史上有几位坦克雷德，这里庞德把这位诗人与史上的那几位，包括跟耶路撒冷和西西里有关的坦克雷德，联系起来了。

③ 庞德似乎是说："坦克雷德可称为狄更斯之二。"

④ 指英国名作家福特·马多克斯·福特，见上文注释。下行的福迪是福特的昵称。

⑤ 指诗人威廉·叶芝。

更富有人性　　仁

（库忒瑞　　库忒瑞）

随着狄耳刻在一叶小舟上显形[①]

高兴点，可怜的畜生，爱跟随着你

直到蟋蟀在操场上

　　　　蹦跳却不唧唧作响

　　　九月八日

　　　　ff

　　　　　d

　　　　　　g

　　　　　　　鸟儿在它们的三音阶上书写

忒柔斯[②]！　忒柔斯！

　　　"春秋"无义战

即没有一方绝对正确

战场没有一方完全正确

　　消息走得很慢

---

① 庞德在狱中翻阅上文提到的普及版诗集，这里他模拟兰德尔的诗句。下行是模拟
彭斯。

② 见 *106* 页注②。

到达更晚

　　　穿过那无法穿透的

水晶，不可毁灭的

　　本地主义的愚昧

在特洛伊时代消息传得较快

奈多斯一根火柴，米提乐尼一只萤火虫[①]，

　　40年前，赖特穆莱尔愤愤不平：

"啊！在当麦即使农民多消得他，"[②]

　　指惠特曼，奇异的，充满疑惑

离坎登[③]四里路的地方

　　　"啊，浑浊的反光！"

　　　"啊，歌喉，啊，跳动着的心！"

　　如此的引力，哦大地，大地，

　　　世上有何引力如你

　　　　人人张开双臂浸入你

　　拥抱你。吸引，

---

① 前者为古代小亚细亚小镇，后者为爱琴海上的岛屿，此处说的是它们传播消息的办法。

② 赖特穆莱尔系庞德大学里的一位德国老师，喜爱惠特曼。下行系庞德模仿他的腔调，原意是："在丹麦即使是农民都晓得他。"

③ 惠特曼住处。以下两行出自惠特曼诗作。《从永久摇动着的摇篮里》中的两行。第一行有省略，原诗行应当是："啊，在大海中浑浊的反光！"一接下来的10行诗影射狄俄倪索斯－瑞斯或伊西斯－俄里西斯死而复生的故事。希腊人把古埃及的死而复生的冥王俄里西斯混成一体。这10行诗给人以天堂情景的联想，而以下的诗行则给人以阴间情景的联想。

你真的引力无比。

智慧在你之侧，

直言，而非隐喻。

在我躺下之处让百里香

和松脂草长起来

让芳草在四月茂盛地长起来

在弗拉拉旁裸体入葬的是尼科洛拉[①]

越过波河的地方，

风：愿小车轮把我心爱的男人带回家

躺入大地直至胸骨，直至左肩

吉卜林[②]怀疑它

直至十英寸或更高

人，大地：一块符节的两半[③]

而我经过这一场后，会谁都不认识

也没有人认识我

大地的婚姻　　她说，我的丈夫

大地生的，神秘

人地的体液淹没我

躺在大地的体液里；

---

① 弗拉拉为意大利地名。尼科洛拉 *(1384—1441)* 为该地统治者。

② 拉迪亚德·吉卜林 *(Rudyard Kipling, 1865—1936)*：英国诗人、小说家，此处"它"
所指不明。

③ 源出《孟子·离娄下》，详见 *086* 页注③。

　　　　　躺在

劲风之中

　　沉醉于大地之伊科①

　　　　　　大地的体液，强如退潮时分的

　　底流

但人要生活在那更深刻的恐怖里，活着

　　死亡的孤寂向我袭来

　　　　　（在下午 3 点，瞬间）　哭泣

　　　　　　　　　　　　由此

三个庄严的半音符②

　　　　　它们毛茸茸的白胸脯镶着黑边

站在中间的电线上

　　　　　地貌③

---

① 原文"*Ichor*"，一种流动在神的体内的液体。
② 像站在电线上的鸟。
③ 原文"*periplum*"，详见 *003* 页注④。

第八十三章

水 与平静

杰米斯图斯[1]认为一切源自涅普顿[2]

因而有里米尼[3]的浅浮雕

叶芝先生说："除了我们的交谈

　　　没有别的能影响这些人"

因为光

　　　是火的一种属性　并且

牧师在他编的司各脱斯[4]书里写道：

欢乐　欢乐的美德

---

① 杰米斯图斯·普莱通 (Gemistus Plethon，1355?—1450?）：拜占庭新柏拉图派哲学家。

② 希腊神话中的海神，又名波塞冬。

③ 见 145 页注③。

④ 埃里吉那·司各脱斯，见 011 页注③。

王后缝纫卡罗勒斯王[①]的衬衣或其他什么

而埃里吉那把希腊标签放进他绝妙的诗章里[②]

  确实是一位绝妙的诗人，巴黎

  总是巴黎

     （秃头查尔斯）

 你或许会找到一点珐琅

 一点真正的蓝色珐琅

  在圣饼盒或什么的上头

一切存在皆光，是光，或什么的

于是在西蒙·德·蒙福特时代，他们把他[③]的骨头

  挖起

   天堂不是人造的

威廉大叔在巴黎圣母院附近逛悠

寻找什么玩意儿

   停下观赏那象征物

里面站着圣母

---

① 见 012 页注③，亦即下文的秃头查尔斯。

② 卡罗勒斯王的第一位王后擅长针线活，埃里吉那·司各脱斯在著作中把她比为雅典娜，故而"希腊标签"。

③ 指司各脱斯，掘其墓的原因是他的学说在法国西蒙四世 (1160?—1218) 时被视为异端。

而在圣埃蒂安纳①

　　　　　　　或也有可能是奇迹教堂②：

美人鱼，那雕像③，

　　湿透的帐篷里一片静寂

　　　　　　干枯的双眼在歇息

　　雨敲击着，闪耀着长石的颜色

　　蓝如佐阿利海岸④上的飞鱼

平静，水　　　　　水

　　　知者

乐水

　　仁者乐山⑤

当草长堰旁时

　　　　　威廉大叔忧伤地陷入沉思

当草长在（那叫什么）圣人教堂的屋顶⑥

　　靠近"狗猫"

---

①　法国西南部的一座教堂。

②　罗马的一座教堂。

③　这雕像其实是在威尼斯的一座教堂，而不是罗马。

④　意大利小城。

⑤　语出《论语·雍也第六》："知者乐水，仁者乐山。知者动，仁者静。知者乐，仁者寿。"

⑥　指意大利西爱西那地区的圣乔治奥大教堂，下行"狗猫"是教堂附近的地名。

将是你的爱

它大概有窗户那么高

　　那草，或者我敢说更高

　　当他们为赛马祝祷点蜡烛时

从前属于马拉泰斯塔家族

　　　　　玛利亚的脸在那壁画里

　　提前两个世纪所画①，

　　至少有那么久

在她戴上以前

　　　像蒙蒂诺

那张家族的面孔，约在 1820 年

　　并不全是哈代的材料②

　　　　或万物皆流

当他立于

　　舞雩台下③

---

① 诗人在狱中想起自己女儿玛丽的脸，酷似著名古代壁画中的圣母玛利亚，故而说那脸早画了至少两个世纪。
② 英国诗人哈代有诗《家族的面孔》。庞德从壁画中认出女儿玛丽的脸，由此想到蒙蒂诺王子及其家族的面孔，再联想到哈代的诗。
③ 源出《论语·颜渊第十二》，见 *114* 页注③。

　　　　“盈科而后进

　　　　　放乎四海”

　　　　至云霄之魔山

　　但在笼中之豹的眼里：

　　　　　　　　　　“无策。你束手无策……”

　　汪汪绿池，掩在丛林的绿色下，

　　困在笼中：“无策，你束手无策。”

　　护树女神啊，你双目如云

　　死囚室里呆过一个月的人

　　　　不会相信死刑

　　死囚室里呆过一个月的人

　　　　也不会相信关兽的笼子

　　护树女神啊，你的双目如泰山顶上的云

　　　　当雨些微落

　　　　些微还飘飘未坠

　　根须下伸到河畔

隐蔽的城市蠕动上升

　　　　茎皮下的白象牙

云在泰山 – 乔可鲁拉①之巅

　　　　当黑莓成熟时

此刻新月照临泰山

我们应以晨星计时

　　　护树女神啊，你平静如水

池上有九月的太阳

众物朦胧

　　　　赫利阿德斯姐妹②揭开嫩柳上的雾纱

在泰山下看不见根基

　　　　唯水之亮光　　　水

杨树梢在亮光里漂浮

唯有栏柱坚定不移

此刻蚁群似乎摇晃不安

　　　　当旭日逮住它们的身影，

────────────

① 美国新罕布什尔州的一座山。

② 赫利俄斯的女儿，法厄同的姐妹。法厄同死后，她们号啕痛哭，以致众神把她们
变成白杨，树叶永远簌簌作响，悲苦凄凉。亦见第 056 页注③。

气盖山岳①

　　　　闪耀，分离

以直为养

无害

立于地而塞九重之天

配义

　　　与道

　　　　无是，则馁也

义集

如鸟齐落

则有气生

若行有不慊于心

则馁矣

　　　（我是否可能欠一个名叫克劳尔②的人一笔债）

---

① 连同以下十几行源出《孟子·公孙丑上》："'敢问何谓浩然之气？'曰：'难言也。其为气也，至大至刚，以直养而无害，则塞于天地之间。其为气也，配义与道，无是，馁也。是集义所生者，非义袭而取之也。行有不慊于心，则馁矣。我故曰，告子未尝知义，以其外之也。必有事焉，而勿正，心勿忘，勿助长也。'"
② 可能是"克劳斯"之笔误，见 198 页注⑨。

他以大麦粒为食

随种子之气而动

日如金目

在乌云与高山之间

"别打架，"焦万娜说

意思是，如前所述，干活不要太勤

别

勿

助

長

见于公孙丑章

圣格雷戈利奥，圣特罗瓦索[①]

荣光已谢的老齐奥万，70 岁还参加赛跑

远远落在后头

家族的眼睛保持同样的爱琴海之蓝

祖孙三代（圣维奥）

———————

① 与下文圣维奥均为威尼斯教堂。

而上个月，我想，赎罪者①依然如故

我还能再见到朱德卡岛②吗？

　　　或它隔岸的灯火，富斯卡里宫，朱斯廷年官

或人称德斯德莫纳宫

或那两座塔，那儿已没有松柏

　　　　　　　或系泊在浮桥之外的小船

或交易所的北港　　　哭泣　　　哭泣

　　　黄蜂兄弟正在建造一座漂亮的房屋

　　　四个房间，一间像矮胖的印第安瓶子

　　　黄蜂，黄蜂，淤泥，燕子系统

于是梦见布雷斯兰德与佩鲁贾③

及其广场上的大喷泉

或梦见老布拉盖奥④的猫，它能准确跃起

　　　扭动杆状的门把手

我想法尔斯先生⑤肯定是一位

情场老手

————————

① 下行威尼斯朱德卡岛上的一座教堂，每年举办一次庆祝活动。

② 在这一节里，诗人在怀念威尼斯的地点和场景。

③ 前者为亚瑟王罗曼史中的神奇森林，后者为意大利城市，有一些古建筑物。

④ 人名，出处不明，也许是庞德在威尼斯的熟人。

⑤ 同狱囚犯。

在冰冷的日出后的和煦里

一个婴儿，嫩如新草，

把头或尾尖

伸出黄蜂太太的瓶子

薄荷又猛长

      尽管有琼斯的啮齿动物①

猩猩笼子边的三叶草也一样

      它们有四片叶子

当思绪随一片草叶摇晃时

    一只蚂蚁的前腿可以拯救你

三叶草闻起来、吃起来都像它的花

    那幼蜂下去了，

    从篷顶的淤泥下到大地，

他的颜色同他置身其间的草叶一样

    向那些住在大地下的问好   大地的，

属于大地的；   把我们的消息捎给

        那些地下的   给那些住在地下的，

---

① 琼斯是管理监狱的军官，他的"啮齿动物"指由他下令去除草的囚犯。

生于风中，唱于科瑞[①]

之亭，　　　　　　　　　　　珀耳塞福涅

同底比斯的忒瑞西阿斯[②]谈话

基督王，上帝太阳

约半天时间她就造好房屋

（黄蜂）那只小泥瓶

那天我不再写了

疲倦深如坟墓。

朝雾中画卷[③]延伸在平坦的大地上

太阳倾斜地升起在山头

于是我回想起那烟囱里的响声

好像是风在烟囱里

而其实是威廉大叔[④]

在楼下写作

造就一只大孔孔孔孔孔雀

---

① 即下行珀耳塞福涅，阴间女后。

② 盲人先知，见 *139* 页注⑤。

③ 原文日语 *Kakemono*，挂物。

④ 威廉·叶芝，庞德年轻时当过他的私人秘书。

以自信的养神①

造就一只大孔孔孔孔孔雀……

造就一只大孔雀

　　以自信的养神

自信的养神

　　而他真的如此，永久的

一只大孔雀寿比黄铜更耐久②

　　或如同教导年轻人

生育，结婚（与否）

　　　　由你自己选择

苏塞克斯③荒废的沼泽地（或什么的）

与冬青围绕的石屋

　　他晚餐不吃火腿

因为农民晚餐吃火腿

_____

① 叶芝诗作《孔雀》云："他以自信的眼神／造就一只大孔雀／财富对他有算啥"，即诗歌艺术比功名财富更持久的意思，下文"一只大孔雀寿比黄铜更耐久"同此意。"养神"即"眼神"，模仿威廉·叶芝的爱尔兰口音，下同。

② "比黄铜更耐久"，原文拉丁语，源出古罗马诗人贺拉斯。

③ 英国一郡。下行石屋为此郡一地名，庞德当叶芝秘书期间，他们在此住过。叶芝视力极弱，因此庞德有时为他朗读作品。

尽管火腿味道好极了

趁热吃是一种乐趣

啊那些日子一去不复返了

　　　还有那条带有浣熊皮扣环的旅行围毯

他出于良心

　　　听了华兹华斯几乎所有的诗作，可

其实他更爱听埃内莫塞①对女巫的论述

我们是否读完了道蒂②的

　　　　《不列颠的黎明》？

　　　　　　　　可能没有

　　（传票撤回了，先生③）

　　（作为外国人住在禁区里）

云在古老山丘前面

　　　掀起它们的小峰

一轮肥月倾斜地升起在山头

———————

① 约瑟夫·埃内莫塞 (*Joseph Ennemoser, 1787—1854*)：德国人，著有《巫术史》。

② 查尔斯·道蒂 (*Charles Doughty, 1843—1926*)：英国作家，著有史诗《不列颠的黎明》。

③ 第一次世界大战期间，住在英国海岸（禁区）的庞德曾得一张法庭传票，后被撤回。

眼睛，此时是我的世界，

　、　可从我的双眼睫毛间

　　　　掠过，看去

　　　　　海，天，池

　　　　　交替

　　　　　池，天，海，

晨月对着旭日

像一枚最珍贵的希腊古币

　　　　另外

女士们

对我说

你是一位老人

　　　　阿那克里翁①

而一座 20 世纪的圣母玛利亚塑像

可当作 15 世纪的圣母玛利亚塑像

---

① 　以上四行原文是德语。阿那克里翁 *(Anacreon，570? B. C.—480? B. C.)*：古希腊
宫廷诗人，特嗜歌颂爱情和欢宴，其诗体被后人称为"阿那克里翁体"。

这是我在蒂罗尔①听说的

　　　毫无破绽

在那里他们屋子外面画着图案

内院深深，有三层

　　"那叫沃尔特广场"②

　　　此话在博琴（波尔萨诺）听到

在我母亲的年代，显然还

很体面，很合时

　　　　　去坐在参议会厅

甚至坐在众议会厅

　　听参议员们（也可能是众议员们）

唇枪舌剑的交火

如同我在威斯敏斯特③时还盛行的那样

乏味的场面，如我曾见过的一次

可如果爱德华兹参议员④能发言

让他的比喻在记忆里保留 40 年、60 年？

简而言之／世袭

---

① 指在奥地利西部和意大利北部的中南欧一地区。

② 意大利蒂罗尔区波尔萨诺市的一个小镇，居民讲德语。

③ 伦敦区名，为英国议会所在地。

④ 美国参议员，"他的比喻"所指不详。

对参议会或"社会"

　　或对人民

　　　　　都没有好处

　　美国已告别一个

　　　　　该死的目空一切的时代

下去，德里下去^① /

　　　　啊，让一位老人安息。

---

① 源出爱尔兰歌谣，德里为一个普通乡下人的名字。

第八十四章

十月八日：

　　　　若一切悲伤与泪水

　　　　　　　安戈尔德①他死了

一切有价值的，一切好的

　　　　　　　安戈尔德　他死了

　　"别以为他总是朝三暮四

拗得像一头骡子，对，拗得像一头骡子，

满脑子东方的货币观念"

　　　　　　　参议员班克黑德②这样说

----

①　*J. P.* 安戈尔德 *(J. P. Angold，1909—1943)*：英国诗人，曾写一些经济方面的文章，在第二次世界大战中当飞行员，被击落身亡。

② 　美国参议员。上文中的"他"可能指总统罗斯福。

"真不知道像你这样的人

　　在这儿能找到啥事儿干？"

　　　　参议员博拉①说

这是那些在华盛顿的贤哲们

执法，治国，公元 1939 年②

小斑鹿

　　　既黑又白

我们见了多畅快

而今理查森，罗伊·理查森③，

　　　说他很不一样

我要不要提他的名字？

德马西亚④正在检出。

　　　怀特、法齐奥、比德尔、贝内迪蒂

萨尔农，两个华盛顿（黑人）J 和 M

　　巴西尔、斯塔奇、H. 克劳德，还有一位：

---

① 美国参议员。

② 庞德在 1939 年游说华盛顿，希望政客们能采纳他的货币方案和治国方针，但他到处碰钉子。

③ 监狱总管。

④ 此下至斯劳特皆狱中人物。

　　　　　　　　诗　苑　译　林

他不是士兵却名叫斯劳特①

今天十月某日　　　考克西先生②

91 岁高龄还谈起证券与

　　　　　　利率

显然作为发行债券的基点

辛克莱·刘易斯先生③还活着

　　　巴尔托克④已离开了我们

比尔德先生⑤以其可敬的浓缩笔法

（查尔斯·比尔德先生）用一行字描述货币

在《共和国》第 426 页左右

我们差不多会像约翰·亚当斯先生一样出名

只少一点众口纷议

公豹出于十足的无聊

仰卧着玩稻草

　　　（罗马动物园的回忆）

　　　　　出于十足的无聊

---

① 原文 *Slaughter*（屠杀），亦见 109 页注④。

② 雅各布·考克西 *(Jacob Coxie，1854—1951)*：美国社会改革家。

③ 辛克莱·刘易斯 *(Sinclair Lewis，1885—1951)*：美国小说家，诺贝尔文学奖获得者。

④ 拜洛·巴尔托克 *(Bela Bartok，1881—1945)*：匈牙利作曲家、钢琴家。有关以上几位人物的消息，庞德是从阅读《时代》周刊得知的。

⑤ 查尔斯·比尔德 *(Charles Beard，1874—1948)*：美国历史学家。

向阿波罗敬香

卡拉拉①

雪花在雪白的

大理石上

背后映衬着

灰白的山崖

当人们走过峭壁间的峡谷

可能在加龙河②附近?

从那里进入西班牙

陶潜听到旧朝之丝竹

可能在桃花源

那里滑软的草地间夹着清流

银光闪闪,分流而淌,

在河丘③整个镇被毁了

由于掩藏一位女人,可怕的库忒瑞

正如漠鼠卡森④说过:

"我们出来时

有价值八万美元"

---

① 意大利出产大理石的地区,亦见上文注释。

② 在法国普罗旺斯,庞德年轻时游历过此处。

③ 山西省地名。

④ 庞德家人认识的一位矿工。

（ "……的经历" ）

那是从挖矿来的

　　他们把本钱花在设备上

却没计算盈利的时间

我年老的大姑母也干过类似的事

经营那座规模太大的旅馆

不过至少她看到了整个该死的欧洲

　　在丹吉尔①骑过那头骡

　　　　总的来讲没有白白花钱

像纳塔莉所说的那样

　　　"更多的内涵"②

　　白云下，比萨的天空

这一切美丽，应当有所结果，

哦月亮，我的小贴画，

　　　　计时器

微，箕与比干

———————————

① 摩洛哥港口。

② 下行引文源出纳塔莉的专著《一位亚马逊人的思考》(Pensées d'une Amazone) 中的一句话："从生活中，啊从生活中榨取也许比生活更多的内涵。"这句话为庞德所欣赏。

殷有三位充满人性的人

或仁①

向亚历山大致敬

向费尔南多②致敬……还有领袖③

皮埃尔，维德昆，

亨利厄特④

至于人格高低

有人在暴跌即将来临时

　　放弃工业，跨入政界

也有人，经过考虑，在1938年

脱离帝国化工

拒绝从血腥屠杀中谋利？⑤

当你踏上最高的台阶⑥

---

① 语出《论语·微子第十八》："'微子去之，箕子为之奴，比干谏而死。'孔子曰：'殷有三仁焉。'"

② 亚历山大和费尔南多均为意大利法西斯政府要员。

③ 指墨索里尼。

④ 三者均为亲法西斯的人物。

⑤ 帝国化工是英国的一家公司，庞德的太太多萝西卖掉军火公司的股票，拒绝靠战争的血腥屠杀来发财。与此相对的，是有些人在股市狂跌之前，根据内部消息，把工业投资卖了，混入政界。诗人觉得这两种人在人格上是有区别的，尽管他们做了看似同样的事情。

⑥ 语出但丁《神曲》。

分层

此为清晰的区别

ming **明**

此为区别

约翰·亚当斯，亚当斯两兄弟

具有我们精神的规范

我们的 **中** chung

对此我们顶礼

膜拜

弥迦①曰：

各以其……之名

因而瞧着那喋喋不休的烟枪和

酒桶②

（在下台的路上）

熊同志③说：

我愿意相信美国人。

与此相关

---

① 古希伯莱先知。
② 指下文提到的丘吉尔，庞德在狱中阅读《时代》周刊，里面报道丘吉尔大选失败。
③ 斯大林的绰号。

温斯顿首相的最后一次露面，柏林，1945 年

于是我问小妹妹[1]

那放猪的小牧女：

而这些美国人呢？

他们表现好吗？

她：不好。

一点都不好。

我：比德国人还差吗？

她：一个样，穿过铁丝网

斯蒂夫（林肯·斯蒂芬斯[2]）说，你拿

革命者根本没办法

除非他们自己到了穷途末路

范登堡[3]读过斯大林，或斯大林读过约翰·亚当斯

这些说法，说得轻点，都未曾证实。

若白霜揪住你的帐篷

夜消逝时你应当感谢。

---

① 此下到"一个样"原文为意大利语。

② 林肯·斯蒂芬斯 *(Lincoln Steffens, 1866—1936)*：美国记者。

③ 阿瑟·范登堡 *(Arthur Vandenberg, 1884—1951)*，美国参议员，曾在 1945 年代表
美国参加在旧金山举行的联合国大会。

第二部分

诗　选

在地铁车站①

魅影　　　这人群中　　　的脸　：
花瓣　　　黑湿的树枝上　　一片片　。

---

①　这首对英美现代诗歌影响深远的短诗，最初在 1913 年发表于芝加哥《诗歌》杂志时，它的断句排列、字间空隙以及标点符号的位置，都新颖独特，充满了中国文字和日本俳句的美学色彩。从视觉角度来看，这样的诗行排列几乎是再现电影艺术的效果，让一行诗成为一组蒙太奇镜头的组合，静中有动，动中有静。可是，这首诗在后来的再版里，都把原来的特殊排列取消了。译者在此特意遵照最初的版本，重现这朵诗坛奇葩的光彩。

仿屈原

我将独自走入林里
紫藤环身的众神漫步之地，
银光碧绿的激流边
　　象牙白车载客而过。
那里翩翩闪出一群少女
　　为赤豹采葡萄，朋友，
因为驾车的是赤豹。

我将走进林间空地，
我将从灌木幼丛里出来
　　与列队的少女们搭讪。

刘彻[①]

罗袂窸瑟已止，

庭院尘埃踯躅，

听不见纤足之音，落叶

零乱成堆，悄然而卧，

而她，我心之欢愉，在下面：

一片湿叶粘着门槛。

---

① 此诗创造性地翻译了汉武帝的名篇《落叶哀蝉曲》："罗袂兮无声，玉墀兮尘生。
虚房冷而寂寞，落叶依于重扃。望彼美之女兮，安得感余心之未宁？"

邂逅

在他们一直高谈新道德时

她用目光探索我。

而当我起身要走时

她的纤指宛若

日本纸餐巾的丝缕。

弗兰切斯卡

你曾从黑夜中走来
双手捧着鲜花，
如今你将远离嘈杂的人群，
远离那有关你的风言风语。

曾见你被尊为超群尤物的我
愤愤不平他们在平凡的地方
谈论你。
我宁愿清凉的波浪卷过我的脑海，
世界干燥得如枯叶一片，
或像一颗蒲公英的种子，随风飘荡
以便我重新找到你，
独自一人。

诗章第一章[①]

然后下去到船上，
把龙骨朝向浪花，前方神妙的大海，

我们竖起桅杆，乘着那条黝黑的船，

载着牲羊，我们的身体也因哭泣

变得沉重，船尾的风

鼓满帆，载我们出海，

这艘船属于基尔克，短发的女神。

接着我们坐在船上，风摆弄着舵柄，

就这样打着帆，我们在海上航行直到黄昏。

太阳去睡了，海上到处是阴影，

---

① 这首诗是庞德根据荷马史诗《奥德赛》第十一卷重写，故而诗中的"我们"指故事主人翁奥德修斯及其带领的同伙。在这章节里，奥德修斯进入冥府，请教盲人先知忒瑞西阿斯的魂灵有关自己归程的问题。译者在翻译此诗时对照、参考了王焕生《奥德赛》译文，特此感谢。

我们这时来到最幽深的海域，

基墨里奥伊岛屿，一些有人的城市

覆盖在浓密的雾霭里，闪耀的太阳光芒

都无法穿透

漫天星斗也没用，抑或从天堂回望的目光

最浓的黑夜笼罩着那些可怜的人们。

大海回流，我们于是来到

基尔克指明的地方。

这里佩里墨得斯和欧律洛科斯做了仪式，

我从腿侧拔剑

挖了一个 L 形的小方坑；

我们为所有亡灵泼洒祭酒，

先是蜂蜜酿，然后甜酒，最后净水混合洁白的面粉。

接着我向那堆病态的死亡之头久久祷告；

如在伊塔卡，用最壮的不育公牛

做祭品，把东西叠在火葬柴堆上，

一头羊专门给忒瑞西阿斯，一头黑色的系铃羊。

乌黑的鲜血在护城河①流动，

亡魂从阴暗处冒出，形容枯槁的死者，有新娘，

少年，还有历经沧桑的老人；

沾满新泪的亡灵，温柔的少女，

① 指奥德修斯挖的坑周围。

许多被铜头长矛刺死的男人，

战利品，穿着血污的盔甲，

这么多拥挤在我周身；惊呼，

脸色苍白，我叫手下的人拉来更多的牲羊；

屠宰牧群，羊用铜器杀；

倾注油膏，呼唤众神，

呼唤强悍的普鲁多，赞美佩尔塞福涅；①

利剑出鞘，

我坐镇驱赶鲁莽虚渺的死者，

直到我询问过忒瑞西阿斯。

可是先来的是埃尔佩诺尔，我们的朋友，

死而未葬，抛弃在广袤的大地，

尸骨被我们留在基尔克的宅邸，

没有哀悼，没有裹尸布，因为我们忙于他事。

可怜的亡灵。我急忙叫他：

"埃尔佩诺尔，你怎么来这个幽暗的海岸？

你怎么步行比我们航海还快？"

　　　　他语调沉重：

"糟糕的运气和过量的酒水。我睡在基尔克的房顶。

爬下长梯，不小心，

---

① 普鲁多是冥府之神，也叫哈德斯。佩尔塞福涅是宙斯和德墨特尔之女，被惩罚半年住在地下阴间，春天回到阳界。

我摔到地上，

折断了脖子，灵魂来寻地狱。

可是你，吾王，求你记住我，没人哀悼，死而未葬，

请收集我的盔甲，在海边掘墓，碑上写着：

时运不济，身后留名。

摆好我的划桨，我曾与同伴们一起挥臂的那只。”

安提克勒娅[①]来了，被我挡着，然后是底比斯人

　　忒瑞西阿斯

手握金杖，认出我，抢先发话：

“第二次？为什么？灾星高挂的人，

面对不见天日的死者，在这死气沉沉的地方？

离开水沟，留下那血红的饮料

听我真实的预言。”

　　　　我往后退，

猛饮血酒后的他，于是开始了：“奥德修斯

在归程将遇见恶意的海神，在黑暗的大海上，

将失去所有的同行人。”然后安提克勒娅来了。

迪芙斯[②]安静地躺着。我是说，安德雷亚斯·迪芙斯，

---

① 奥德修斯的母亲，在他长年漂泊期间去世了。

② 安德雷亚斯·迪芙斯 *(Andreas Divus)* 是文艺复兴时代的学者，具体出生年月不详，以其用拉丁文翻译的《奥德赛》著称于世。这里庞德指的是那本书。下行维切利是迪芙斯译本的法国出版人。

在维切利的作坊，1538 年，源自荷马。

他起航了，经过塞壬①，从那再往外、往前

遇到基尔克。

　　　用克里特②人的话说，

值得用一顶金冠来尊崇，阿芙洛狄忒③，

主宰塞普列斯高地，欢愉，铜亮，戴着

金色的腰带和胸环，黑黑的睫毛

手握的希腊杀手的金枝。这样：④

---

① 希腊神话中人首鸟身的女妖，用歌声迷人。

② 爱琴海中部海岛。

③ 宙斯的女儿，爱与美之神。

④ 此诗以"然后"开头，以"这样"结尾，完全是一种开放式的结构，意味着诗歌的开始并非真正的开始，而是对历史的继承；而结尾亦非真正的结尾，而是将有历史的延续。前有古人，后有来者也。

诗章第七章

埃**莉诺**①（她被英国气候宠坏了）

毁灭男人，毁灭城市

可怜的老荷马，

瞎如蝙蝠，

耳朵，耳朵听潮；

　　　　老人们喋喋不休的声音。

然后在幻象罗马，

　　　　狭窄的大理石座位

"若无尘埃，"奥维德说，

---

① *Eleanor of Aquitaine (1122—1204)*，史称"阿基坦的埃莉诺"，原籍法国，先嫁
给法国国王路易七世，后嫁给英格兰国王亨利二世。下行的"毁灭男人，毁灭城市"
在史诗中专指美女海伦，这里庞德通过"*Eleanor*"和"*Helen*"两个名字的血缘关系，
把史上的两位女子联系在一起。

"依然挥掉那无。"①

然后队伍和烛光，激发神秘；

只是战场的情景，但毕竟是情景，

枪旗，队旗，还有穿甲的战马

不只是连续的笔画，盲目的叙述，

但丁的"记录"，在游戏中锻造的品牌。

楼层低于花园，有点霉臭。②

"靠着护壁，一把藤椅，

一台旧钢琴，在晴雨表下……"

老人们的声音，在假理石的廊柱下，

时尚、漆黑的墙壁，

更细腻的镀金，嵌板的木头

都被提议，租借房

精心设计……大约三片方板；

房子细节太繁重，画品

稍微太油。

---

① 古罗马奥维德在《爱的艺术》里给读者建议：看戏时，先选中一位美丽女子，跟她进去，选一个狭窄的大理石座位，跟她紧挨着。倘若一片尘埃落在那女子的膝盖，你就弹指把它挥掉；倘若没有尘埃，你还是把它挥掉。

② 此行和下两行均出自法国作家福楼拜的小说《一颗简单的心》。

圆盖大头，带着诚实缓慢的目光

在我前面移动，一个滞重的幻影，

行动庄严，品饮事物的声色，

那老声音又响起

　　　　编织冗长不已的句子。

我们也成幽灵去寻访，那认识

我们的楼梯，再次在拐角找到我们自己，

敲开空荡荡的房间，寻找被埋没的美丽；

晒黑、优雅的纤指

没有拉开铜制的插销，没有帝国式的把手

为门环的坠落而扭转；没有声音做回答。

一位奇怪的接待员，代替那犯脚痛风的。

怀疑这一切，人去寻找活生生的东西，

顽固抵制所谓的事实。枯萎的花朵

抹去此前的七年，毫无结果。

可恶的间隔！纸，黑褐，摊开，

薄弱、该死的间隔。

　　　　久逝的艾奥妮①

我的门楣，刘彻的门楣。②

时间被橡皮擦抹去。

──────────

① 《久逝的艾奥妮》是庞德早年的一首短诗，纪念一位红颜薄命的跳舞少女。

② 参见本书收集的庞德短诗《刘彻》。

爱丽舍①的名字源远流长，

身后的公车在日子上给我一个落脚点；

低矮的天花板，额拉尔德，②银器，

这些都在"时间"里。四把椅子，弓形镜台，

书桌旁的篮子，盖着的布凹了。

　　"塑像台阶上居然有啤酒瓶！

那，弗雷兹，③就是时代，今天对过去，

当代。"激情不灭。

我们的风味对他们的行为。房间，对编年。

绿宝石，黄玉；达伽马④在非洲穿着条纹裤子

"从浪峰里诞生了军队"；

陈旧的红木箱子：

　　　　各个层次的啤酒瓶，

可是她真的像提洛⑤一样死了？在七年内？

毁灭船只，毁灭男人，毁灭城市

---

① *Elysee*，一家巴黎旅馆，庞德曾在此见过乔伊斯。*Elysee* 源自 *Elysian*，是神话中灵魂归依的福地，故而它的名字是有来源的，"源远流长"。

② 法国名牌钢琴。

③ 弗雷兹 – 热内·范德尔皮尔 *(Fritz–Rene Vanderpyl，1876—？)*，荷兰作家。

④ 瓦斯科·达伽马 *(Vasco da Gama，约 1460—1524)*，著名葡萄牙探险家，发现从欧洲绕行非洲南角到印度的航线。

⑤ 希腊神话里的美女，被海神奸污。在这首诗里，提洛、海伦、埃莉诺、亚特兰大等都代表永恒的美。

海在沙滩沟里奔跑，摇晃着漂浮的石子，

埃莉诺！

　　　　鲜红的帘子投射不太鲜红的影子；[①]

布奥维拉的灯光，而我会凝视着她，[②]

　　　　整整一天

尼克[③]在我眼前移动

阴冷低沉的空气不干扰她

她那赤裸的美丽，并非热带的肌肤，

细长的双脚落在路边轻如火焰

高高的身影移动在我前面，

　　　　我们独自生机勃勃。

整日，另一日：

　　　　我知道有些人只是薄薄的外皮，

飞走的蚱蜢蜕下的干盔

　　　　说着空壳的语言

支撑在座椅和桌子之间

字词如蚱蜢之壳，内无生机；

　　　　呼唤死亡的干枯；

---

① 语出奥维德《变形记》，指女神亚特兰大跟别人裸体赛跑时，身子热得发红，投下影子。

② 语出法国中世纪游吟诗人阿诺尔·达尼埃尔 *(Arnaut Daniel，1150—1210)*，他爱上了布奥维拉的妻子，作诗云："假如她吻我，笑着裸露自己／我将在灯光里凝视着她。"

③ 法国罗浮宫里的一个著名雕塑，这里诗人是联想上面提到的女子艾奥妮。

另日，在一座仿迈锡尼房子的墙壁之间，①

"丑陋"狮面人，假的孟菲斯廊柱，②

在花里胡哨下一层外皮，一种僵硬或呆滞，

      老房子剩下的空壳。

棕黄的木头，无色的墙泥，

枯燥的教授言语

      现正肃杀无调的音乐，

房子驱逐房子。③

方正的肩膀，光滑如缎的皮肤，

舞女红颜已去，

      老生常谈依旧，乌烟瘴气——

十年过去了，把僵硬的她装在玻璃瓶里，

僵化的空气。

      庸俗之辈的旧房间表现自己；

年轻人，永不!

      只是言谈的鸡毛蒜皮。

---

① 迈锡尼是古希腊一个都市。

② 孟菲斯是古埃及城市。

③ 庞德在此批评现代人貌似崇拜历史，建造丑陋的仿制品，推旧翻新（"房子驱逐房子"），却一点都不了解更深层的历史。

啊你，躲在那小船之尾，①

蒂多泣不成声，为了她的希乔斯②

躺在我的怀抱，死沉死沉

   淹没在泪水里，新的爱欲，

生命延续，在秃山上虚度光阴；

火焰从手中飞走，雨无精打采，

却把我们唇边的渴望喝掉，

   坚固如回音，

激情在烟雨朦胧的微光里塑造一个形式；

可是爱欲被淹，被淹，在泪水中滞重奄息

   为了死去的希乔斯。

生命是对运转的嘲讽；

琐碎的皮毛在我前面移动，

   话语喋喋不休；空壳生出空壳，

一个活人，来自异地和监狱，

   抖一抖干瘪的豆荚，

寻找往日的心愿和友谊，巨大的蚱蜢盔甲

给庸俗的餐桌作揖，

---

① 原文意大利语，源出但丁《神曲》，"你"指读者，躲在船尾听奥德修斯的故事。

② 在维吉尔的罗马史诗《埃涅阿斯记》里，女王蒂多为被谋杀的丈夫希乔斯哭泣哀悼。

拿起调羹到嘴边，把叉子戳进肉片，

发出好像是人语的声音。

　　　　该死的洛伦佐[①]

比他们[②]更具活力，更有热情，落地有声。

可假如他被杀了！

　　　　相信他是自己死的，假如他被杀了。

高大的淡漠之躯缓缓移动，

　　　　一个更有活力的空壳，

在命运的天空飘浮，干枯的幻影，完整无损。

哦，亚历山德罗，首领，三次警告，观察者，

　　　　永远观察着事物，

事物，人，激情。

　　　　目光在又干又黑的空中沉浮，

金发的他[③]，玻璃灰的瞳孔，长发平分在两侧

僵硬呆滞的神情。

---

① 指意大利中世纪名门贵族洛伦佐·美蒂奇 *(Lorenzo Medici)*，他谋杀了下文提到的
亚历山德罗，是他的亲戚。
② 指但丁《神曲》里那些从未真正生活过的灵魂，他们没有能力去做好事或坏事，
故而天堂和地狱都去不了。
③ 语出但丁《神曲·地狱篇》。

诗章第一百十章

汝 安静之屋

牧杖之曲线爬在墙上，

绒线，羽白，如海滨之豚

我全力支持自由贸易

　　　　——接踵的欢喜

　　　　　　马的旋转跳跃

你见过飞船之尾波冲击海堤，

　　　　　越顶而过？

如头盔之冠毛

　　　　马蹄嘀嗒，海浪哗哗，

　　　　那才是愉悦，

鸟羽僧正，①

　　清澈之至，

　　　　那才是欢跃，

　　这里浪峰之线爬在墙上

乘风轻飘之人

　　海拉里肯②

　　祭风，

男九女七，③

　　黑树天生无语，

水是蓝色的，而非青绿

当牡鹿饮水于盐泉

　　　　而羊群为龙胆草下山，

你能用珊瑚红或绿松石的眼睛看见吗？

　　抑或用橡树之根行走吗？

黄莺尾在河床摇摆

---

①　鸟羽僧正 (1053—1140)，日本佛僧、画家，法名觉犹，被称为日本漫画的祖师爷。
②　纳西语，"祭风"的意思，是纳西族祭祀仪式。庞德对纳西文化的兴趣和了解，
来自著名美籍奥地利探险家、学者约瑟夫·洛克 (Joseph Rock，1884—1962) 的著作，
20 世纪初，洛克曾以丽江附近的村落为基地，在云南滇缅边境和西藏考察。
③　指纳西族相信男人有九种命运，女人有七种。以下几行出自纳西族故事，一位女
子为了抵制包办婚姻，与情郎一起自寻短路，找树上吊。当她靠近树时，"黑色的树
冠摇晃，她心怀怯懦，黑树天生无语"。她死后，情郎悲痛欲绝，期望能起死回生："如
果我给你绿松石和珊瑚做眼睛，你能看见吗？如果我用松树和橡树根给你做腿，你能
行走吗？"

月明莫顯朋①

须弥山上的橡树②

　　你能用绿松石的眼睛看见吗？

　　　　天　　　　　地

　　　　　　中央

　　　　　　是

　　　　　　柏③

净化之物

　　　　有雪，雨，艾草，

　　　　还有露水，橡树，柏树

---

① "月明莫顯朋"是庞德自创的中文诗句，结合了他最感兴趣的几个汉字。详见黄运特文章 "*Ezra Pound, Made in China*"（《中国制造的庞德》），《外国文学研究》*2014* 年第 *3* 期。
② 须弥山又名妙光山，是印度神话中位于世界中心的山，后为佛教所认同。此处指故事中纳西女子殉情的橡树所在之山。
③ 在纳西族祭天的仪式上，场地中央竖立两棵黄栗树和一棵柏树，分别代表天父、天母和天舅。

哦，月亮女神①，在你的心中美

　　　　　如黎明时分的天湖，

你的纤指宛若泡沫柔丝，

　　　　　　　　观音，

她移动时细长安详的身影，

　　　　　垂柳和橄榄枝的倒影，

泉水歇息，

　　　　　黄玉衬托叶背的苍白

湖水荡漾如加纳莱托的画面②

　　　　　在比天堂还淡的蓝色之下，

石层拱起像是用圆规勾画，

　　　　　这石头是镁，

科萨里奥，蒂诺·马丁纳兹在此修路

　（加尔德萨那）③

　　　　萨沃伊奥，诺瓦拉在委内多④

---

① "月亮女神"原文为 *Artemis*，跟上文"艾草"的英文 *artemisia* 相应。

② 吉奥瓦尼·安东尼奥·卡纳尔 *(Giovanni Antonio Canal, 1697—1768)*，也叫加纳莱托，意大利画家，以威尼斯运河风景画著称。

③ 意大利工程师里卡多·科萨里奥和蒂诺·马丁纳兹修建了一条横穿欧洲的公路，名叫"加尔德萨那之路"。

④ 这几行指第二次世界大战期间，意大利与苏俄在乌克兰伊布科尔基的一次战役，在指挥官贝多尼的带领下，意大利萨沃伊奥骑兵团，向俄军进攻。这几行提到的人名大都跟这次战役有关。

索拉里也在那场战役中——

不幸事件，值得纪念

"我参加过吗？"指的是骑兵出击，

乔治大叔[1]说："我出来时，知道

在参议院

会有一场大闹。"

诺克斯进来时，洛奇问："你读过吗？"[2]

他以为是"最后一次"，直到

贝多尼，像加利佛

        （伊布科尔基）。[3]

松柏防止塌方，

    科萨里奥，工程师

      里卡多·科萨里奥。

    在奥列阿里[4]，特种兵团

    违抗命令而取胜

    他们有马。

双喜临门，

---

[1] 指乔治·廷克海姆，美国众议员，见 020 页注[2]。

[2] 诺克斯和洛奇均为美国政客。

[3] 在乌克兰。

[4] 第一次世界大战中意大利的一个战场。

一个结局。①

深爱卡地

　　　　离世已五千年。

比午夜更蓝的水上

　　　　收获冬日橄榄的地方

躺着大地胸脯的倒影

　　　　　　都是欧律狄斯②，

月桂树庇荫逃亡者，

　　　　等了一天的幻影起身了？

　　　　这祭坛下现在躺着安迪米恩③

　　　　　　迷人的脚腕

新

　　　　也就是，日日向前

新

爱成了恨的根源，

　　　　这不合常理，

葵，④

---

① 指庞德女儿玛丽结婚。下行指玛丽的新郎研究古埃及，酷爱有关法老卡地的史料。
② 希腊神话中歌手俄耳普斯的妻子，不幸去世后，丈夫一直想用歌声让她起死回生。
③ 月亮女神所爱的美貌牧童。
④ 日本能戏中的人物，见 *081* 页注③。

光秃秃的树林走在地平线上，

可就那山谷通向四海，

山上的日落倒挂。

拉多尔，圣卡罗没了，

　　迪俄多内，瓦桑也没了[1]

拜曾斯[2]，一座坟墓，一个结局，

　　加拉的安息地，你在托尔切洛的安静之屋[3]

"什么！什么！"飞禽说，

"嘟噜嘟噜，"那弗吉尼亚的鸟说，

　　　　它们什么意思？

战争毁灭餐馆

　　我，佩尔塞福涅，用书[4]

止

　　不是用飞机，

他们的勇气之神圣被遗忘

---

① 这两行都是巴黎和伦敦的著名餐馆，在"二战"中毁了。

② 意大利威尼斯一座教堂，其正门口有圣母玛丽的画像，参见本诗第一段就是描述这个教堂，"汝安静之屋"。

③ 加拉指古罗马皇后加拉·普拉斯迪亚 (Galla Placidia, 388—450)，死后葬在威尼斯托尔切洛的下沉花园。

④ 佩尔塞福涅是宙斯和德墨特尔之女，详见 237 页注①。此处的典故出自古罗马诗人普罗佩提乌斯："我的葬礼上将有三本书 / 我，佩尔塞福涅，将带来，不轻的礼物。"

布雷西亚①狮子被灭绝，

直到脑子空转而无建树

止

无止，无本。

拜廷和厄普华②被忽视，

    所有的抵制者被抹杀，

在时间的残骸里保存，

    保存这些碎片以支撑废墟③

太阳，日

    日日新。

洛克先生仍然想去爬基纳巴卢山④

他的碎片沉了（二十年前）

海拔 13,455 英尺⑤，面对婆罗洲的杰塞尔顿⑥，

下坠的蜘蛛和蝎子，

毒素下坠时，来一点光，

---

① 意大利北部城市。

② 前者是英国诗人，后者是英国作家，详见 *028* 页注④。

③ 语出艾略特名诗《荒原》的结尾："我保存这些碎片以支撑我的废墟。"

④ 位于婆罗洲的名山，现称为沙巴神山。

⑤ 约为 *443* 米。

⑥ 东马来西亚沙巴的首都，现名亚庇。

黑暗的风袭击森林

　　　烛光忽明忽暗

　　　　　奄奄一息

光，它自己——

　　　相对这场风暴。

松木中大理石的纹路

　　　　可见和不可见的神殿

从红杉之本

　　　祈祷　　敬　祈祷

　　　　力量

葵或小町①，

　　　　椭圆的月亮。

---

① 都是日本能戏中人物，后者的情节最后是一场月下舞蹈，庞德解释说："最后的舞蹈意味着情人的灵魂在草地上比翼双飞。"

诗章第一百十六章

海 神来了
　　　　　他的思想飞越
　　　　　　　　　如海豚，
这些概念，人类的脑子已经掌握。
开天辟地——
力争所能——
墨索里尼，毁于一个失误，
可是史录
　　　　重写的羊皮纸——
长夜
　　　微明——
暗道——
一位"古怪"的老人死在弗吉尼亚。
乳臭未干的年轻人拽着沉重的史料，

圣母的图像

　　　　在门口

　　　　　　满地烟蒂之上。

"搞出一堆法律"

　　　　　　（法律杂如草堆）

毫无治疗效果的文学

　　　　　　查士丁尼一世的法典①，

一个未完成的乱摊子。

我带来了一个巨大的水晶球；

　　　　谁能搬得动？

你能跨进伟大的光之橡子吗？

　　可是美丽并非疯狂

尽管我的错误和失败围了我一圈②。

而我并非神人一体，

我无法让它凝聚一团。

若家中无爱，则一无所有。

饥荒的声音听而不见。

美居然产生在如此黑暗的背景里，

---

① 查士丁尼一世 (483—565) 是古拜占庭皇帝，制定著名的法典。

② 这行诗原文为 "Tho'my errors and wrecks lie about me"，颇有歧义，因为 "lie about"
也可理解成 "诽谤，说谎"，据此这行诗也可翻成 "尽管我的错误和失败诽谤我"。
这个双关语代表了庞德晚年对其一生的所作所为进行总结反省时，思想非常矛盾。

榆树下双重之美——

　　　　被松鼠和蓝松鸦拯救？

　　　　　　　"我对狗爱得越深"①

阿里阿德涅②。

　　　迪斯尼③反对玄学，

拉弗格④比他们想象的更有深度，

斯皮雷⑤感谢我的好意

我此后从杰里斯·拉弗格那里学到

　　　　　　　　　　更多东西

他的深度，

　　　　还有林奈⑥。

　　　　　　　促进我们的爱意的人——⑦

可是有关那第三⑧

　　　　第三层天

　　　　　　那维纳斯，

又都是"天堂"

---

① 这句完整的话是："我认识的人越多，我对狗爱得越深。"意即人性邪恶，还不如去爱狗。

② 希腊神话里克里特国王之女，主管其父王的迷宫，因此成了迷宫、神秘物的代名词。

③ 庞德酷爱迪斯尼卡通片，每部必看。

④ 杰里斯·拉弗格 (Jules Laforgue, 1860—1887)，法国象征派诗人。

⑤ 法国诗人，见 096 页注②。

⑥ 林奈 (Carolus Linnaeus, 1707—1778)，著名瑞典博物学家。

⑦ 语出但丁《神曲》："看那能促进我们的爱意的人。"

⑧ 此行的"第三"原文为意大利语 terzo。

一个美好安逸的天堂

　　　　　　在废墟上，

有人往上爬

　　　　在起飞之前，

"再次见到"

动词是"见"，不是"行走"

也就是说，它凝聚得挺好

　　　　　　即便我的笔记前后不一。

许多错误，

　　　一点正确，

以辩解他的地狱

　　　　　　和我的天堂。

至于他们为何误入歧途，

　　　　　想想做对的

谁会照抄这重写的羊皮纸？

　　　午夜时分

　　　　　黑暗刻画一个大圆圈

可是要确认图案里的金线

　　　　　　（托切洛）

维克洛大街①

---

① 诗人所住拉巴洛城的一条街，在其十字路口能见见一角蓝天。

　　　　　　　诗　苑　译　林

（蒂古利奥①）。

承认错误而不失去正义：

慈善，我时有时无，

        我不能一以贯之。

一点微亮，如灯草烛光

        引我重归辉煌。②

---

① 拉巴洛面对的海湾，见上文注释。

② 这两行原文是："*A little light, like a rushlight/ to lead back to splendor*"。但在庞德的手稿里，这两行写成："*A little love, like a rushlight/ to lead back splendour*."（一点爱，如灯草烛光 / 引回辉煌。）手稿在这两行后面还另有七行："给我同时代的诗人们：/ 迪斯尼 / 类似于无名英雄 / '我把我的灵魂卖给了 / 公司 / 小卖部' / 敬奉他们。"

诗章第一百十七章（*碎片*）[①]

为了那一闪蓝光和幸福的

　　　　　时刻

老少相配

　　　实属悲剧

一个美丽的日子终于有了安宁。

　　布朗库西的鸟[②]

　　　　　在松树干的凹处

或当白雪如海水泡沫

　　朦胧的天空被榆树枝固定。

在塔贝雅巨石下[③]

---

① 这是诗人晚年为写最后一篇诗章而准备的一些零星片段。

② 康斯坦丁·布朗库西 *(Constantin Brancusi, 1876—1957)*，罗马尼亚雕塑家，以其鸟系列作品著称。

③ 在古罗马，被处死刑的犯人在塔贝雅巨石上被扔下山。

把你的嫉妒哭出来——

为扎格蕾斯①

　　建一个教堂或圣坛

塞米勒的儿子

没有嫉妒

　　如窗户上的双拱

或某个巨大的廊柱。

我的爱，我的爱

　　　　我爱的是什么

　　　　　　你在哪里？

与世界搏斗

　　　　我失去了中心。

梦与梦相撞

　　　　　砸个粉碎——

而我曾试图建立一个地上

　　　　　　　　乐园。

---

① 希腊神话里酒神狄俄倪索斯的别名。下行塞米勒是他的母亲。

我一直试图书写天堂

不要动
　　让风说话
　　　　那才是天堂。

让众神原谅我的
　　　　所作所为
让我爱过的人们原谅
　　　　我的所作所为。

巴黎法兰克·伯纳德[①]的破产
或阿拉格勒[②]原野上的云雀，
　　　　"他自己摔倒"[③]
朝着太阳高飞，然后坠下
　　　　"欢乐地展翅"
把法国的道路摆在这里。

---

① 活跃于 20 世纪初的法国出版人，公司在 1929 年破产。

② 法国南部城市，是法国诗人温特多尔活动区域。

③ 语出温特多尔的诗句，下行"欢乐地展翅"同此。

两只老鼠和一只飞蛾引导我——

听过蝴蝶喘息

　　朝着横跨世界的桥梁。

帝王们①在岛屿相会，

　　那里没有食物，飞离极地之后。

紫云英为食

　　进入未知的界地。

做男人，不做破坏者。②

---

① 指大花蝶，以紫云英为食，其英文名为 *Monarch Butterfly*，直译为"帝王蝶"。

② 诗人生前特别嘱咐，他的最后一首诗章不仅要以未完成的形式结束，而且要把"做男人，不做破坏者"作为整个一百多篇诗章的最后一句话。

译后记（1996 年）

在 20 世纪英美诗歌里，或许没有哪部诗比《比萨诗章》更具史诗的悲壮。庞德创作此诗时，正因于比萨斜塔下的牢笼里，而毁灭性的"二战"劫难刚刚结束，诗人的一句话最形象地描述了当时的情景：

> 如一只孤独的蚂蚁爬离崩塌的蚁山
>
> 爬离欧洲的残骸，我，作家。
>
> ——《比萨诗章》第七十六章

这种个人与历史的双重悲剧性是此书最初吸引我作为译者的地方。

当然，真正着手翻译时，困难是极大的。庞德的诗包括古今各国文化、文字，渊深博大，典故繁杂，涉及历史人物众多。原诗对于英美本国语读者，不靠注解，亦无法通读；译成外文，其难度更可想而知。这里便更显出注释对于此《诗章》的重要性。另外，译者深信庞德在自己的创作中旁征博引各国文字典故，其实已化注释为诗艺。可后人学者拘泥于浪漫主义的尺度，常把庞德的诗分为诗行（即所谓读起来更像诗的"精华部分"）与文句（即所谓以琐碎人物典故为中心、更近散文的"糟粕部分"），实为误解。因此，读者在阅读此译作时，固然可以随个人习性略注释而不顾，但我只想提醒一句：这样只会失去一次开阔对诗艺的理解的机会。译者译介此种诗艺的用心之良苦，但愿在译作的注释部分可见一斑。这是译此诗时的信条之一。

信条之二：译文的流利向来是对译作的基本要求之一，而译诗似乎更需多加润色点缀，以符合本国读者的口味。但是我在此译作中并不竭力遵守这条原则，理由大致是：对译文流利的要求，往往会使读者失去接触外国文学中的"异国风味"的机会，在诗歌翻译中更是如此。因为诗歌的艺术常见于句式的排列、音韵的搭配，若全把它们化为本国读者熟识的形式，尽管读起来朗朗上口，原文的创造性成分则失去了。因而在此译作中，凡是中文流利与原文创造性的句式有冲突时，我常冒险取后者为要。想到现代文学中的"欧化"现象，当时贬之者甚多，可那些"欧化"的句式最后竟潜化入中文，尽管在"国粹者"们看来可谓玷污，可它们对新文学的发展却起了不小的推动作用。

另外，《比萨诗章》的号码排列，是按照庞德的整部《诗章》（共117首）的次序，因此《比萨诗章》第一首即为《诗章》第七十四章，原《比萨诗章》独版时即按此排号，现从之。

此书翻译过程中，承蒙多方支持、鼓励与帮助，应该感谢的人与单位很多：美国诗人罗伯特·克利里（Robert Creeley）、查尔斯·伯恩斯坦（Charles Bernstein），译者就读之处纽约州立大学布法罗分校英语系的罗伯特·纽曼（Robert Newman）教授，译者工作之处布法罗诗歌图书馆的罗伯特·伯托尔夫（Robert Bertholf）馆长和麦克·巴辛斯基（Michael Basinski）；中国方面有漓江出版社的莫雅平先生，千里迢迢，从漓江之滨打电话到美国，商谈此书的翻译与出版。最后是南京大学的张子清老师，从最初计划译书到最后出版，均由他一手操办，我虽从未在南大从师于他门下，但张老师对我却关怀备至，谆谆教诲，胜于恩师。因此，谨将此译作敬献给张子清老师；唯恐译文拙劣，有负重望。

　　出国求学已近五载，此间四处奔波，虽不敢说历尽沧桑，却尝到物是人非的滋味。唯有对诗歌、文学之深爱如一盏黑夜明灯，燃些微之暖意，指迷茫之前方。最后，以庞德《比萨诗章》中的名句结束此记：

> 我不知道人性如何承受
> 　有一个画好的天堂在其尽头
> 　没有一个画好的天堂在其尽头

译者

一九九六年二月十八日

旧历除夕

于美国布法罗